まだ会ってもいない誰かをこれほど大切に思い、
愛せるのが夢のようだった。
illustration by TOMO KUNISAWA

# 焦《こが》れ舞《ま》う薔薇《ばら》の宿命《しゅくめい》

犬飼のの
NONO INUKAI

イラスト
國沢 智
TOMO KUNISAWA

Lovers Label

CONTENTS

# プロローグ

——蒼真《そうま》……！

褐色《かっしょく》の斑紋《はんもん》を持つ黄金の豹《ひょう》が、林の中に倒れ込む。緑の芝《しば》が赤く染まっていった。

それでも戦いは終わらず、ルイの血によって形成された蝙蝠《こうもり》が豹に襲《おそ》いかかり、追い打ちをかける。しなやかな体軀《たいく》は血溜《ちだま》まりに沈《しず》んで、小刻《こきざ》みな痙攣《けいれん》を繰り返した。

——ルイ……もうやめてくれ！

紲《せつ》は声を嗄《か》らして叫《さけ》んだが、ルイは攻撃の手を止めない。

豹の口から泡《あわ》と共に滴《したた》る血が、冷たくなっていくのが目に見える。色の浸蝕《しんしょく》が激しい。このまま放っておいたら、世界が血の色に染め抜かれてしまいそうだ。

——ルイ、やめてくれ！　もうやめてくれ！

赤い色つき硝子《ガラス》を叩《たた》き、紲はさらに叫ぶ。けれど状況は変わらなかった。

こんなはずではなかったのに……ルイを愛し、命ある限り一緒に居たかっただけなのに……束《つか》の間《ま》の幸福が犠牲者《ぎせいしゃ》を生む——。

# 1

「……蒼真っ！」

声を上げて飛び起きた紲は、夢を見ていたと気づくと同時に、ここが列車の中であることを思いだす。個室車両にはベッドもあったが、今はシートに座っていた。

横に居るのは漆黒《しっこく》の髪と紺碧《こんぺき》の瞳《ひとみ》を持つ貴族悪魔《きぞくあくま》、吸血鬼《きゅうけつき》ルイ・エミリアン・ド・スーラで、自分は彼の肩に凭《もた》れかかって眠っていたらしい。目を剥《む》いてハァハァと息を切らすと、ルイもまた大きく目を見開いていた。

「紲……大丈夫か？」

「蒼真、蒼真がっ！」

紲は干上《ひあ》がって張りつく喉《のど》を押さえ、わずかな唾液《だえき》を集めるように舌《した》を蠢《うごめ》かした。夢を見ていたことはわかったが、だからといって人心地《ひとごこち》つくことはできない。やけに生々《なまなま》しく恐《おそ》ろしい夢だった。瞼《まぶた》の裏に焼きつくほど色鮮《いろあざ》やかで、鼻腔《びこう》に血の匂《にお》いが残っている気がする。蒼真の匂い……茉莉花《ジャスミン》の香る血の匂いだ。

「蒼真が……っ」

紲はそこまで言って、続きを言えずに言葉を呑んだ。

お前が蒼真を殺した。俺は声を張り上げて止めたのに、お前は倒れた蒼真を執拗《しつよう》に攻撃していた——そんなことを、ルイに言える道理がなかった。現実ではなく単なる夢の話で、ルイを非難するわけにはいかない。しかし口に出さないことにより痛みは内々に留《とど》まり、衝撃《しょうげき》や負の感情が体内を循環《じゅんかん》した。絶望が鬱積《うっせき》し、内側から爛《ただ》れそうになる。

「蒼真の夢を見たのか？」

「……っ、ただの……夢だから……」

紲は乱れ続ける呼吸を整え、もう一度「夢だから……」と続けた。

あんな光景は夢だけであってくれ……と切に祈《いの》る。誰よりもルイを愛しているけれど、蒼真も大切な存在だ。二人が傷つけ合うような事態は想像したくない。

「何か飲むか？」

「……ああ、水を少し」

無理に平静を装《よそお》って答えると、個室の隅《すみ》に控《ひか》えていた虜《とりこ》が立ち上がった。

元々は人間でありながらルイの血毒に侵されて眷属《けんぞく》になった虜は、魂《たましい》や意思はないが、判断力は持っている。ルイと紲の会話を耳にし、命じられる前に動きだして飲料水を持ってきた。

——さっきのは単なる夢だ……もちろん予知夢《よちむ》とか特別なものじゃない。俺は特に勘《かん》のいいほうでもないんだし、現実に起きて欲しくないことを悪夢《あくむ》として見ただけ……。

紲はルイに肩を抱かれながら、冷たい水で喉を潤《うるお》わせる。

魔族《まぞく》を統率《とうそつ》する宗教会《しゅうきょうかい》、ホーネット教会から離反《りはん》して半年――オッドアイと呼ばれる半異体悪魔の香具山紲《かぐやませつ》は、格上の貴族悪魔であるルイと共に逃亡《とうぼう》を続けている。

半年前、北イタリアからアルプスを越えてスイスに入国し、隠《かく》し財産を回収してフランスに逃《のが》れた二人は、すぐに香港《ホンコン》に向かった。アジア圏は魔族が少ないため、貴族悪魔一人当たりに割り当てられる管理区域が広く取られており、追手を撒《ま》きやすい。

一度アジアに入ってからは中国大陸とロシアを中心に移動し続け、地上で唯一《ゆいいつ》の純血悪魔である女王の千里眼《せんりがん》に見つかる度に、先回りして逃げていた。

それでも戦闘《せんとう》になってしまうことはあり、この半年間でルイは六度戦っている。

その度に大勢の虜を殺され、ルイや紲が負傷することもあったが、刺客《しかく》として現われた吸血鬼や逃亡先の地を管理していた悪魔は、それを上回る深手を負った。

逃亡生活を始めるまで、紲はルイのことを貴族然とした優雅《ゆうが》な男だと思っていたが、本気になった彼は勝つために手段を選ばず、敵は容赦《ようしゃ》なく倒して捨て置き、虜は盾《たて》のように使った。

食糧でもある虜が足りなくなれば、病院に忍んで死にかけの人間を虜化させて補充する。

豊富な逃亡資金で戸籍をいくつも買って使い回し、人間を買収して匿《かくま》わせることもあれば、銃器《じゅうき》を購入して魔力の使用を最小限に抑《おさ》えて戦うこともあった。

そこに貴族悪魔としての美学やプライドは感じられない。

ルイが命懸《いのちが》けで守りたいものはたった一つ――紲と一緒に過ごせる時間であって、そのためならどんなことでもしようという気概《きがい》が、彼の強さを完全なものにしている。

「紲、列車から飛び降りるぞ」

「……え？」

モンゴルの首都ウランバートルを出て四日目――二人が目指しているのはシベリア鉄道の終着地モスクワで、あと一日で到着する予定だった。着いたら少しは休めるはずだったが、生憎《あいにく》予定通りにはいきそうにない。

「次の駅に貴族が居る。新貴族が三人……それともう一人、獣人《じゅうじん》も居るようだ」

防雪林のある地帯を除き、緑の絶景が続く夏の大地を悠々《ゆうゆう》と走っていた列車の中で、ルイは険《けわ》しい顔をして立ち上がる。

紲も飲んでいた水をテーブルに置き、ジャケットに袖《そで》を通した。

新貴族と呼ばれるのは、ホーネット教会の女王の直系一族のことで、一人残らず吸血鬼だ。反逆者を始末する刺客や、その前段階で食い止める査察使《ささつし》といった役割を担《にな》っている。

一方獣人という呼称は、獣《けもの》に変容《へんよう》する悪魔の総称として使われていた。

「獣人て、なんの？」

「――豹族だ」

ルイは答えるなり特別個室を飛びだし、隣の個室に控えさせていた虜達に命令を下した。

こんなことはすでに馴《な》れっこになっていて、紲はいつでも纏《まと》められるようにしていた荷物を掴《つか》んだが、豹族という言葉には過剰反応せざるを得ない。

「豹族って……まさか蒼真じゃないよな?」

「違う。だが同じタイプの豹だな、寒冷地に近い種族だ」

ルイの言葉を聞いていくらか安堵《あんど》した紲は、列車の窓を開ける。

黄昏時《たそがれどき》を迎えた真夏のロシアは、燃えるような茜色《あかねいろ》に染まっていた。

広大な地の先にある地平線には赤と黒しか見えず、日本ではそうそう目にすることのできない、果てしない大地に吸《す》い込《こ》まれそうになる。

眼下《がんか》の緑は青々と茂《しげ》って夏らしいが、窓から入り込む風は驚くほど冷たかった。ここがロシアであることを改めて認識させられる。

「降りるぞ、しっかり掴まっていろ」

紲はルイの腕に抱かれ、走行中の列車から飛び降りた。

伝わる衝撃や荷物がぶつかる痛みはあったが、歯を食《く》い縛《しば》って耐《た》える。

すぐに別の窓から虜達が続き、全員が列車から降りた。連なる長い車体は、何事もなかったかのように走り続ける。教会の掟《おきて》では、全魔族の安全のために魔族の存在を徹底的《てっていてき》に隠さねばならず、人目に触れる場所で人間離れした行動を取ってはならない。しかし今はその掟すらも守る余裕がなかった。ルイは紲を抱えたまま、類稀《たぐいまれ》な脚力《きゃくりょく》を駆使《くし》して走りだす。

虜は元人間であるためルイほど速くは走れず、いつしか離れ離れになっていた。

彼らは主《あるじ》の後を追っては来るが、時には敵に捕まって殺されることもある。どのみち放っておけば死ぬはずの人間で……心を持たない人形のような存在だった。かといって捨《す》て駒《ごま》として割り切れない紲には、こういう瞬間が怖い。誰一人として敵に捕まることなく、どうか無事に合流できますように——と、ただ祈るばかりだった。

——新貴族はともかく……豹族が居るならルイでも逃げ切れない……戦いになる……。

七度目の戦闘が迫《せま》っている気がして、紲はルイの首に回した手に力を籠《こ》めた。

混血悪魔は継承《けいしょう》を重ねた古代種ほど強いため、新貴族と呼ばれる吸血鬼は旧貴族のルイより弱く、魔力も身体能力も劣《おと》っている。

しかし獣人系悪魔が相手となると話は別だった。

総体的にはルイのほうが強くても、平原で豹の俊足《しゅんそく》に敵《かな》う道理がない。敏捷性《びんしょうせい》はもちろん、嗅覚《きゅうかく》も聴覚《ちょうかく》も獣人のほうが優《すぐ》れていた。

——どこに向かってるんだ？　前の駅に戻って逆行する気か？

訊《き》けるような速度ではなく、紲は冷たい風に目を細める。

赤い大地を駆け抜けたルイは、やがて防雪林へと踏み込んだ。

林は木々の間隔が狭《せま》く、猛《もう》スピードで駆けるのは恐怖そのものだった。

鋭《するど》く突きだした針葉樹の枝に切《き》り裂《さ》かれる錯覚《さっかく》に襲われ、思わず何度も身を縮《ちぢ》めてしまう。

こうしてただ運ばれて逃げるだけの自分が情けなかったが、紲は淫魔《いんま》という性質上、性的なことに特化した能力しか持っていない。腕力も脚力も人間並《にんげんなみ》で、優れているのは五感くらいのものだった。ルイのように直感力にも長《た》けておらず、調香師《ちょうこうし》として磨《みが》き抜いた嗅覚も、匂いを感知できる距離に居なければ役に立たない。こんな時はただ大人しく、邪魔《じゃま》にならないように控えているしかなかった。

「グウウウ――ッ！」

全速力で走り続けていたにもかかわらず、ルイは豹に追いつかれる。

夏は雪のない防雪林の中で、彼は遂《つい》に足を止めた。

おそらくこうなることは初めからわかっていたのだろう――紲を下ろして自分の背後に庇《かば》いながらも、冷静な顔つきだった。

「紲、結界《けっかい》を張るからここで大人しくしていろ」

「グウーッ！　フウ――ッ！」

長身のルイと、褐色の斑紋を持つ黄金の豹が睨《にら》み合う。

どちらも貴族悪魔で、その証《あかし》である紫の瞳を光らせた。

強い夕陽を受けた木々が、足元に影《かげ》を落とす。線路に向かって傾斜《けいしゃ》している地面に、均一の斜線《しゃせん》を描いていた。

――っ、この光景……見た気がする……さっきの夢……⁉

今初めて見たはずの光景に、紲は既視感《きしかん》を覚える。

何しろ光線の入りかたまで夢と一致していたのだ。

土と緑の匂いのする風が二人と一頭の間を抜ける中、ルイは左手首を右手の指先でなぞる。

そこに傷が開いて大量の血が流れだし、傷口と同じ幅の血の帯に変化した。生き物のように宙に舞い上がる帯のすべては、ルイの背後に立つ紲に向かう。紲の周囲を瞬《また》く間に取り囲んで、縦長の立方体を作りだした。

――そうだ……夢の中の俺は硝子を叩いてた……赤い色つき硝子だと思ったのは、この結界だったんだ……。

貴重品を入れたバッグを抱えた紲は、ショーケースに収められたマネキンのように動けなくなる。ルイが作ってくれたのは、一人用のパニックルームに相当する箱状結界だった。

ルイの身が遠くに離れたり、集中力が切れたり意識を失ったりすると壊れてしまうため一時凌《しの》ぎでしかないが、銃弾《じゅうだん》や毒香《どくこう》も弾《はじ》き返す強度を持っている。

「ルイ、気をつけて……っ」

赤く透ける硝子のような結界に手をついて、紲はルイの背中に向かって叫んだ。

貴族と戦えるのは貴族でしかなく、追手は常に貴族悪魔で、紲が出る幕《まく》などない。

沈む夕陽の色に輪をかけて、ルイの血の結界が視界を赤くしていた。

この向こう側がさらに赤く染まらないことを祈りながら、紲はルイと豹の戦いを見守る。

——夢の通りに……なるのか？　蒼真じゃなかったのは……よかったけど……無関係な豹が痛めつけられるのも嫌だ。凄《すご》く……嫌だ……。

夢と重なる情景《じょうけい》に胸騒《むなさわ》ぎを覚え、紲の胃はいつにも増して絞《しぼ》られる。

自分がこれまでに選択を誤《あやま》らなければ、今頃はルイの番《つがい》として北イタリアの古城で暮らしていたはずだった。追われることもなく、多くの虜や無関係な悪魔に夥《おびただ》しい血を流させることもなかったはずだ。

ルイはルイで自分が悪かったと認めているが、紲は紲ですべての原因は自分にあると考えている。謝り合っても後悔《こうかい》しても仕方がないので、逃亡を始めてからは、できるだけ先のことを考えるようにしてきた。それでも胸の痛みが消えたわけではない。

元々は平凡《へいぼん》な人間として大正時代の日本に生まれた紲は、第二次性徴《せいちょう》を迎えた途端《とたん》に淫毒《いんどく》の香りを漂《ただよ》わせるようになり、肉親にまで凌辱《りょうじょく》される苦しい少年時代を過ごした。何世代か前の淫魔の血が目覚めただけで、自分が悪いわけではないと教えてくれたのも慰《なぐさ》めてくれたのも、悪魔として生きる道を用意してくれたのもルイだった。

二人は貴族悪魔と使役悪魔《しえきあくま》という身分差を越えて恋に落ちたが、紲の戸惑《とまど》いやルイの誤解が原因で、六十五年以上に亘《わた》り決裂《けつれつ》してしまう。

親友の蒼真の計らいにより紲の百歳の誕生日に再会するも、紲はルイの熱愛が永遠に続くことを信じ切れず、その怯臆《きょうおく》によって再び誤解を生み、ルイの手にかけられた。

蒼真の血を輸血されたことで命を取り留めたまではよかったが、貴族悪魔である蒼真の血が作用して、紲は後天的な突然変異を起こしてしまう。

悪魔に変容すると瞳の色が赤く変わる使役悪魔でありながら、左目だけが貴族と同じ紫色のオッドアイ——半異体悪魔に進化したのだ。

そうして貴族悪魔に近い存在となった紲は、ホーネット教会の女王の裁定によりルイと引《ひ》き裂《さ》かれることになり、その結果離反と逃亡に至っている。

「ルイ……ッ！」

三人の新貴族が追いつく前に豹を倒したいルイの攻撃は、圧倒的なものだった。

紲は過去にルイと蒼真が戦った時のことを想起していたが、六十六年前のあの時とは違って、ルイが地面に手をつくことはない。

豹は動きが速く、鋭い牙《きば》や爪《つめ》を駆使した肉弾戦《にくだんせん》には有利な反面、遠隔攻撃《えんかくこうげき》のパターンは多くなかった。咆哮《ほうこう》と共に毒香を飛ばすことができるが、ルイが風上《かざかみ》を譲《ゆず》らないため、豹のほうが不利になっている。

ルイは自らの血を蝙蝠に変えて次々と飛ばし、豹の体を切りつけた。

本気を出したルイが繰りだす血の蝙蝠の翼《つばさ》は、鉄製の刃《やいば》のように肉を裂く。

豹の被毛《ひもう》は見る見るうちに鮮血《せんけつ》に染まって、緑の芝に血溜まりが広がっていった。

——っ、蒼真……！

目の前の豹は蒼真ではないとわかっているのに……紲は頭の中で友の名を繰り返す。

傷だらけの豹が倒れて呻《うめ》いている姿に、涙が込み上げてきた。

これまで見た六度の戦闘で、新貴族と呼ばれる吸血鬼達が悶《もだ》え苦しむ様や、直前まで一緒に行動していた虜が殺される様――そして豹以外の獣が血塗《ちまみ》れになった姿を見たことがある。

どれも心に突《つ》き刺《さ》さり、ひとつひとつ忘れられないほどつらかった。けれど、こんなふうに泣いたことは一度もなかった。豹は特別なのだと、身に沁みてわかる。

――嫌だ……っ、やめてくれ！

今すぐにルイの結界から飛びだして、豹の体を抱き起こしたかった。

血の噴《ふ》きだす傷を押さえ、止血して、自分の血を分け与えて回復を促《うなが》したい――。

「やめてくれ……っ、ルイ……!!」

「グウウウッ、グッ、ゥ――ッ!!」

完全に勝負がついたにもかかわらず、ルイは豹の後ろ脚に銃弾を撃《う》ち込んだ。

両の後肢《こうし》の骨を砕《くだ》き、血の帯で前肢《ぜんし》と首を木に括《くく》りつける。

貴族は回復が早いから……だから仕方ないのだと理解していた。

このくらいの深手を負わせなければ、すぐにまた追いかけられてしまうだろう。

それがわかっていても、あまりにも惨《むご》い行為に紲の神経は耐えられなかった。

無慈悲《むじひ》な行いではなく、理由があってやっていることだと何度言い聞かせても心が壊れそうで、赤い立方体の中で頽《くずお》れる。臓腑《ぞうふ》を鷲摑《わしづか》みにされる痛みに襲われ、容易に座り込めないほど狭い結界に凭《もた》れかかった。

――もう……嫌だ、こんなこと……っ！

涙と共に、ゼイゼイと荒《あ》れた息ばかりが漏《も》れる。

自分はいったい何をしているのか……ただ好きな人と一緒に居たいだけなのに、何故《なぜ》こんな事態になっているのか、次第にわけがわからなくなり、呼吸困難に陥《おちい》って眩暈《めまい》を覚える。結界内にはまだ十分な酸素があったが、息が苦しくて立っていることすらできなくなった。

「紲……！」

蒼真のことを思いだしているうちに、紲はルイの腕に抱き留められる。

結界が割られても、相変わらず苦しかった。視界は今も真っ赤で、それが夕陽のせいなのか血の残像《ざんぞう》のせいなのかわからない。

――蒼真……いつか、蒼真とルイが……。

離反した自分が連絡など取っては迷惑をかけてしまうので、もう半年も蒼真に会っていない。声すら聞いていなかった。日本で元気に暮らしているのだろうか……いつかこうして、ルイと蒼真が戦う日が来るのだろうか――そう考えているうちに、気が遠くなっていく。

戦い疲《つか》れたルイにこれ以上負担をかけてはいけないと思っても、遠ざかっていく意識を追いかけられない。糸が切れたように心と体が離れる寸前、茉莉花に似た血の匂いがした――。

蒼真のルーツはロシアに程近い中国にあり、ルイが倒したロシアの豹族と近い関係なのかもしれなかった。個体差はあるものの悪魔の体臭《たいしゅう》は原則的には芳香《ほうこう》で、アジア系の豹は茉莉花、吸血鬼は薔薇《ばら》、淫魔は林檎《りんご》の香りを持っている。

調香師として長年嗅覚に頼って生きてきた紲は、豹の血の匂いを嗅《か》いだことでますます混乱していた。意識を失って眠りながらも蒼真の夢を見続け、彼がルイに攻撃されて瀕死《ひんし》の状態に陥《おちい》るシーンを何度も何度も繰り返してしまう。

「──紲……っ、紲……」

「……っ、う……」

不快《ふかい》な汗を流しながら、紲はルイの声に呼び覚まされた。

血塗れの蒼真の姿を見たのは夢の中だったのだと認識すると、思わずほっとする。

しかしそれも一瞬で……蒼真ではないものの、豹がルイに倒されたのは事実だと気づいた。何もかもが夢だったわけではない。そしていつ、蒼真があの豹の立場になるかわからない。

すべてを捨てて二人で生きていくと決めたのだから、そういう時が来たとしても不思議ではない。「すべて」の中には、蒼真も入っているのだ。

──戦いの邪魔をするなんて……俺は……。

戦闘中、ルイに向かって「やめてくれ！」と叫んだのを覚えていた。

ルイだって好き好んで他の悪魔を傷つけているわけではないのに、無神経なことを言ってしまった。頭ではわかっている……きちんとわかっているのに、抵抗感が拭《ぬぐ》えない。

追手として寄越される新貴族達は、女王の直系として教会に背《そむ》く者を粛清《しゅくせい》する役目を担っているが、ルイや紲が逃亡中に踏み込んだ地を管理しているだけの貴族悪魔にしてみれば、甚《はなは》だ迷惑な迸《とばっち》りでしかなかった。

二人がロシアに逃げ込んだせいで、あの豹は平穏《へいおん》な暮らしを邪魔され、酷《ひど》く理不尽《りふじん》な痛みに苛《さいな》まれているのだ。

——俺達と同じように……守りたい番がいるかもしれない。あの豹を愛している人が、傍にいるかもしれない……俺達のせいで、関係ない悪魔が巻き込まれて……。

紲は薄暗い部屋のベッドに寝たまま、心配そうなルイの顔を見上げる。

涙が溢《あふ》れて表情などろくに見えず、今どこに居るのかも訊けなかった。

「ここはシベリア鉄道の個室の中だ。少し遅れたが、予定通りモスクワに向かっている」

「……っ」

来た道を戻って逃げるのだと思っていた紲は、ルイの言葉から状況を察した。

行き先を変えずに済んだということは、追手を全員振り切ったということだ。

豹を倒した後で、新貴族の吸血鬼三名もやって来たのかもしれない。

古代種である旧貴族のルイは歴史の浅い新貴族よりも強いうえに、女王はかつて愛した男の子孫に当たるルイの姿に異常な執着《しゅうちゃく》を持っている。そのためすべての刺客はルイの捕獲《ほかく》を最優先事項として、紲の抹殺を命じられているのだ。即《すなわ》ち相手はルイを殺す気で戦うことができず、ますますルイに分《ぶ》があった。

「顔色が悪いな、少し熱があるようだ。大丈夫か？」

「お前こそ……大勢と戦って疲れただろ？」

掠《かす》れた涙声が出てしまったが、紲はそれでも言葉をかけたくて無理に喋《しゃべ》る。

こんなにつらいなら、もういっそ終わりにしたいと口にするのは難しくはないけれど、その一言でルイがどんなに傷つくかはわかっていた。

それでも、血を見る度に死という選択が頭に浮かんでしまう。

この逃避行《とうひこう》の前に死を覚悟していた紲には、今のまま逃げ続けるよりも、そのほうがいいように思えてならなかった。自分達だけが幸せになれればそれでいいとは、どうしても思えない。

――いまさらな話だって、わかってはいるけど……でも、誰だって痛い目になんて遭《あ》いたくないし、好きな人や家族を傷つけられたくない……。

紲は個室のベッドから起き上がり、横の椅子《いす》に座っていたルイを見つめる。

彼の体から血や硝煙《しょうえん》の匂いはしなかった。念入りにシャワーを浴びて着替え、匂いのついた衣服を廃棄《はいき》してくれたのだとわかる。

何かと衝突《しょうとつ》していた頃は身勝手なところもあったものの、今は本当によく気を使ってくれて、頼もしく優しい恋人だった。

「……守ってくれて、ありがとう……気を失ったりして悪かった。大怪我《おおけが》した豹の姿を見たら、お前と蒼真が戦った時のことを思いだして……っ」

肩が上がるほど声が上擦《うわず》ってしまい、紲はルイの鎖骨《さこつ》に額《ひたい》を寄せる。

前屈《まえかが》みになって丸まった背中を摩《さす》られて、「大丈夫だ」と、落ち着いた声をかけられた。

「心配しなくていい。蒼真と戦うようなことは絶対にしない。蒼真もお前を悲しませるようなことはしないだろうが、万が一そんな時が来たら、私は蒼真の前から消えることだけを考える。プライドなど捨てて、お前と一緒に逃げる」

「ルイ……」

「あの豹も血肉を摂取《せっしゅ》して数日休めば歩けるようになるだろう。大丈夫だ……お前が気に病むことは何もない。今は自分の体のことだけを考えろ」

「……ありがとう」

新貴族の吸血鬼達はどうなったのか……虜は何人生き残っているのか、訊けない言葉を喉の奥に詰め込んで、紲は唇《くちびる》を結ぶ。

逃亡生活は心身共に疲れるけれど、それでもルイと一緒に居られるならよかった。戦いさえなければ耐えられるのに、自分のせいで誰かが傷つくのは慣れようがない。

女王が千里眼を使ってルイの居所を探る度に、ルイは女王の視線を察知できるが、だからといって必ずしも逃げ切れるわけではなかった。交通機関も通信手段も発達している現代では、女王がルイの居場所を特定した途端に付近の悪魔を動かせる。

ルイは女王の視線を感じるとすぐに紲を連れて逃げたが、追手に囲まれて戦わざるを得なくなったことは何度もあった。これで七度目――そしてこれからも、同じことが続いていく。

いつか捕まって引き裂かれる時は共に死のうと決めているけれど……それならば、今すぐに死んでしまったほうがいいのではないだろうか？　紲はそう思わずにはいられない。これ以上誰も傷つけず、この愛に罪《つみ》を着せずに終わらせたかった。

――俺の周りにいた人は、皆……俺の淫毒に惑《まど》わされて死んでいった。両親まで……。

紲はルイの顔を見ることなく、鎖骨に額を当てた姿勢のまま深呼吸《しんこきゅう》を繰り返す。

自分が先祖返りの淫魔だと知ってからは、蒼真と番になって飲精行為で飢《う》えを凌《しの》ぎ、人間を惑わせないよう力を抑《おさ》えてきた。誰も巻き込まず、不幸にせず、誰かを幸せな気分にさせられる香水を作ることに専念していたのだ。

思えばあの日々は、なんて穏《おだ》やかで幸せだったのだろう……ルイと離れていて切ない想いはあったけれど、彼の香りを想像するだけで幸福だった。それだけで生きていけたのに――。

――俺は間違っていたのか？　女王に命じられた通り、日本に帰って蒼真と暮らしていればよかったのか？　二度とルイに会えなくても、そのほうが……。

嫌だ、そんなのは嫌だ……耐えられるわけがない。耐えられないから今ここに居る。たとえ何を捨ててもルイと一緒に行くと決めたのだ。もう二度と離れたくなくて――。

「ルイ……これ以上逃げるのはやめよう。俺達は死ぬべきだ」

「紲っ」

自分でもどうしようもないくらい感情が乱れて、突然はらりと涙が零《こぼ》れる。

こんなに弱気じゃなかったはずだ、こんなに脆《もろ》い涙腺《るいせん》は持っていなかったはずだ――いくらそう思ったところで現実はこの有様で、感情が一度揺れだすと平静を保てなかった。

「――っ、誰かを……犠牲《ぎせい》にしてとか、間違ってる……」

「紲……お前の言いたいことはわかるが、死ぬのは本当にそれしか手がなくなった時でいい。今はまだその時じゃない」

「遅くなればなるだけ、血が流れるだろ……そういうの、もう嫌なんだ……」

「紲、大丈夫か？　最近、少し情緒不安定《じょうちょふあんてい》なようだな。気持ちが疲れているのだろう」

突発的に泣きだした紲はルイの胸に抱き寄せられ、背中を何度も摩られる。

言われるまでもなく、精神的に不安定な状態なのは自覚していた。戦闘があってもなくても唐突《とうとつ》に気持ちが揺さぶられたり、酷く落ち込んだりすることがある。

微熱《びねつ》が続き体調が優《すぐ》れない日も多く、悪魔としては奇異《きい》な現象が起きていた。淫魔は性分泌《せいぶんぴつ》液《えき》を摂取していれば健康でいられるはずなのに、心に引きずられて体まで安定しない。

「逃亡生活が半年も続いたからな、どこかで少し休もう」

「そういうことじゃなくて……本当に、死ぬべき時が来てると思う」

「紲……お前が何故そこまで思い詰めるのかわからない。状況はそれほど悪くはないはずだ。戦闘《せんとう》になって血腥《ちなまぐさ》い光景を見せたのは悪かったが、だからといって死ぬの生きるのと悩むのはやめてくれ。今はゆっくり休んで……列車がモスクワに着いたら、気分転換に何か楽しいことでもしよう。ボリショイ劇場でバレエや歌劇を観るのはどうだ？　他にはアイスショーもある。美術館巡《めぐ》りもできる。先日行った時に感激していただろう？」

「行かない。頼むからそうやって誤魔化《ごまか》そうとしないでくれ……っ、行く先々で虜が死んで、お前も相手も痛い目に遭って……こんなことをいつまでも続ける意味があるのかっ？　この前も腕が千切《ちぎ》れそうな大怪我してただろ？　俺、もうああいうの嫌なんだ。これ以上生きていても、いいことなんかないっ」

「紲、落ち着け！」

「……っ、う」

両肩を摑まれて引き剝《は》がされた紲は、ベッドの上に押し倒される。ヘッドボードに背中が当たって、中途半端《ちゅうとはんぱ》な仰向《あおむ》けになった。ぶつかった所が少し痛くて、ルイの怒りが伝わってくる。

肩に食い込む指先は、当然力を加減されているものの、まるで渾身《こんしん》の力でも込められているかのように震えていた。

「生きていてもいいことがないなどと、何故そんなことを言うのだ⁉　お前と一緒に居られるだけで私はこんなにも幸せなのに……これは完全に独《ひと》り善《よ》がりな想いなのか？」

「……っ」

「お前は、私と一緒に居るだけで幸せだとは……感じてくれないのか？」

覆《おお》い被《かぶ》さるルイの体から、朝摘《あさづ》みのローズ・ドゥ・メを彷彿《ほうふつ》とさせる香りがした。

悪魔は愛欲を匂いで語る生き物で――今この瞬間、ルイに求められているのがわかる。

命よりも優先して愛し抜いた香りだった。彼と一緒に旅をしているのだという実感が、紲の胸に迫ってくる。それは危険な感覚で……ともすればルイの言葉通り、己《おのれ》の幸福に酔《よ》いそうになった。これさえあれば何も要《い》らない。他のことなどどうでもいい。そう思いかねないくらい魅惑的《みわくてき》な、麻薬《まやく》のような香り――。

「幸せなんて……感じていいのか？　行く先々で不幸を撒き散らしながら、自分達だけ幸せに酔っていていいのか？　いいわけないだろっ」

「紲……っ」

「俺達は教会の掟を破《やぶ》ったんだ。その選択は仕方ないことだったけど、もう十分だ、いい加減死ぬべきだ。生きてる限り迷惑にしかならないし……俺はもう、罪を犯したくない！」

「刺客に手を下しているのはお前じゃない、この私だ！」

「――ッ、ルイ……」

耳を劈《つんざ》くような怒声に、紲は両目を限界まで剝く。

押さえ込まれた体が革張《かわば》りのヘッドボードを滑《すべ》り落ち、背中が枕に埋《う》もれた。

モスクワに向かって走り続ける列車の中は、そうとは思えないほどの静寂《せいじゃく》に満ちている。

「……直接、手を下してない奴が……とやかく言うなって、そう言いたいのか？」

「違う、そうではない！」

「俺だってわかってる……っ、お前が一番つらいんだよな！　顔見知りの貴族を半殺しにしなきゃいけなくて、ただ見てるだけの俺よりつらいに決まってるよなっ！」

「紲っ、少し黙れ！」

「――っ、う……！」

ルイは魔力を使って威令《いれい》をかけることはなく、その代わりに片手で口を塞《ふさ》いできた。

何を叫ぼうとしたのかわからなくなった紲は、四肢を可能な限り振り回して暴れる。ルイを怒らせて殺されることなど怖くはなかった。むしろこのまま生き続けて、度重なる絶望に陥ることのほうが恐ろしい。本当に見たくないのだ。傷つくルイも、敵も、虜も――。

「お前は何もしていない！　そんなふうに自分を責める必要はないと言いたかっただけだ！」

大きな手で塞《ふさ》がれた口から、紲は嗚咽《おえつ》を漏らす。「違う！」と叫びたかった。

貴族ではないうえに、淫魔の自分には戦闘能力がない。だから戦っていないだけのこと――

直接手を下していないからといって、罪から逃れられるわけがない。

「お前を死に至らしめようとしたのも……蒼真の血を輸血してオッドアイにしてしまったのも私だ。そして女王との因縁《いんねん》はスーラ一族の主が背負う宿命……すべての責は私にある。お前はただ愛されただけで、何も悪くはない。だからどうかそんなに苦しまないでくれ。責めるなら、私だけを責めてくれ！」

「……っ、う……ル、イ……」

愛されただけではない……自分もルイを愛した。共に選んだ苦しみであり、受動的な立場に逃げるつもりはない。さながら今の紲にはこの悲況《ひきょう》を受け入れることができず、死んで詫《わ》びることや、幕を閉じることにばかり囚われていた。

「お前は私の匂いを好きだと言ってくれた……今も変わらず香っているはずだ。お前を求める時に一層《いっそう》高まる薔薇の香りは、お前の慰めにはならないのか？」

「ルイ……」

「今は何も考えずに、私に愛されていてくれ。たとえほんの少しでも、私との時間を幸せだと感じて欲しい……」

切実な祈りのように語られて、紲は身じろぎひとつ取れなくなる。

戦いの最後に血の帯で拘束《こうそく》されていた豹のように、雁字搦《がんじがら》めになって動けなかった。

ルイに抱かれれば夢中になるのは目に見えている。それを罪だと思う心があるのに、真紅《しんく》の薔薇の香りから逃れられない。むしろ自分から飛び込みたくなってしまう。

「……ル、イ……っ、ん……う……」

口づけた途端に箍《たが》が外《はず》れ、仄暗《ほのぐら》い個室車両に香りが満ちる。

罪《つみ》に怯《おび》える心が逃げ込んだのは、鮮血の如《ごと》く赤い薔薇の楽園。黎明《れいめい》の空に浮かぶ月の下で、輝く朝露《あさつゆ》が天鵞絨《ビロード》の花弁《かべん》を撫でる。そこに混じるのは、黄金色《こがねいろ》の蜜《みつ》を孕《はら》んだ林檎と、ホワイトフローラルの香り……紲が放つ、破滅《はめつ》の淫毒――。

「は……っ、ふ、ぁ」

「――ッ……ン……」

唇を崩し合って舌を交わし、チュクチュクと性急な音を立てる。

人間の理性を砕く紲の香りは、貴族悪魔のルイには効かない。ただ愛の証として届く。

ルイは薔薇、紲は蜜林檎の香りで求愛し、お互いの匂いを嗅ぐことでより強く求め合った。

「……ルイ……ッ、ルイ……！」

「紲……っ」

唇を離して見つめ合うと、すぐにまた惹《ひ》き寄せられてしまう。

ルイの唇の形、弾力《だんりょく》、吸血鬼ならではの冷たさも含めて、彼の唇を味わえることが嬉しい。

器用に服を脱がしていく指が冷たく、どこに触れられたのかを肌が記憶していた。ひやりと冷たいのに、そこから熱を帯びていく。

「……んっ、う……は……っ」

ルイの唇や舌が恋しくて、紲は彼のうなじに手を回す。

こうしてルイの傍に居て、いつでも好きな時に匂いを嗅ぎ、肌や唇に触れることができる。

この日々を幸せだと感じないわけがない。一日たりとも離れていられないくらい愛している。

しかし大手を振って喜ぶことなどできないのだ。今この瞬間も……罪のないあの豹は負った傷の痛みに苦しんでいるだろう。彼は誰かにとっての最愛の人で、大切な存在かもしれない。その誰かが自分達を恨みながら、どこかで嘆《なげ》いている気がする――。

「……ん、く……ふ……っ……」

罪の意識を振り切るようにキスを求めて、紲はルイの舌を貪った。

死にたい気持ちと同じくらい、声の限りに叫んで許しを請いたくなる。

最強の純血種に逆らった以上、最早どうにもならないとわかっていても、現状から逃げだしたくて堪らなかった。死でも生でもどちらでもいい――誰にも邪魔をされない世界に……誰も傷つけない世界に、ルイと一緒に飛んでいきたい。

「――紲……っ」

崩し合うようなキスを一方的に中断したルイは、唇を首筋《くびすじ》に寄せてきた。紺碧の瞳を紫色に変え、吸血鬼に変容するなり牙を当ててくる。

戦闘で血を使ったばかりの彼が養分を欲しているのは当然で、紲は開かれたシャツを自分の手でさらに開いた。頸動脈《けいどうみゃく》をルイに見せつけ、「咬《か》んでくれ……」と耳元に囁《ささや》く。

欲情と食の本能に突き動かされたルイの唇が、迷うことなく密着した。紲の張り詰めた肌を舌で舐め、内出血するほど強く吸い上げる。

「……うっ、あ……あ、あ、あ――っ！」

鋭い二本の牙が皮膚を破り、体内へと入ってきた。筋肉や血管を強引に裂いていく。壮絶《そうぜつ》に痛くて絶叫が止められなかったが、管牙《かんが》の先から毒を注入されると麻痺《まひ》していった。吸血鬼の毒は冷たく、効く前から毒の存在を感じられる。紲の痛みや意識を半分ほど奪って、吸血行為を甘やかなものに変えていった。

「はっ、あ……あ……っ」

「――ッ、ン……」

ルイは唇を押し当てたまま牙だけを短く戻し、傷口から噴き上がる血を飲む。口蓋《こうがい》を打つように激しく出血する紲の血を、一滴《いってき》残さずごくごくと飲み干した。それでも過分に吸血するような真似はしない。死に至らしめることは疎《おろ》か、貧血《ひんけつ》を起こさない程度の量だけ吸って、傷口を舌で押さえた。

「あ……あ、ルイ……ッ」

紲はルイの頭を掻《か》き抱きながら、胸の突起《とっき》に触れる指先に意識を寄せる。吸血鬼は冷血（変温）動物で、触れた物の温度に馴染《なじ》んでいく。紲の温かな胸を弄《まさぐ》っているうちに、ルイの指は温もっていった。

「は……っ、ぅ……あ、あ……っ」

首筋に密着する唇はそのままに、ルイは紲の乳嘴《にゅうし》をきつく揉《も》む。摘まみ取るように引っ張り、過敏な先端を指の腹や爪の先で刺激した。

「ルイ……ッ、あ、ぅ、は……！」

「──ン……ッ」

指の動きに連動するように、首の傷の上を舌が這《は》う。

傷口を早く塞ぐ効果を持つ毒によって、すでに出血は止まりかけていた。傷も小さくなっている感覚がある。もうすぐルイは首筋から唇を離すだろう……そう思うと淋しい反面、結合の期待に紲の体は疼《うず》きだす。

「……う……ん、っ」

神経のすべてが絡み合い、シナプスを介して繋《つな》がっていた。ルイに触れている部分、ルイにこれから触れられる部分──五体全部が余すところなく悦《よろこ》びに震える。

「──んっ、あ……っ……」

ルイの唇が傷から離れ、鎖骨まで下りていく。舌も一緒に肌の上を滑《すべ》って、濡れたラインを残していった。摘まれていた乳嘴を指の代わりに唇で挟まれ、歯列でカリッと齧《かじ》られる。

「く、あ……っ」

「……ッ」

吸ってと言わんばかりに尖《とが》った薄桃色の痼《しこり》は、齧られたまま舌で転がされた。小さな飴玉《あめだま》のように味わわれると、体が綻《ほころ》んで開いてしまう。

「——っ、あ……ふ、ぁ……」

ルイの手で脚衣を引き下ろされ、下着の中を探られた。昂《たか》ぶる欲望を暴《あば》かれる。粘膜《ねんまく》が空気に触れるよりも先に掌《てのひら》に包み込まれ、根元まで一気に愛撫《あいぶ》された。

先端にある小さな口が、音もなく開いて蜜が零れる。まだ粘度の低い、さらりとした透明の蜜だった。それが淡《あわ》い繁《しげ》みを濡《ぬ》らしていく。淫魔の体は男に触れられると後孔が濡れるようにできているのに、今夜は陰茎までしとどに濡れて——あわいの間からも、シーツを汚すほどの愛液が漏れた。

「あ、は……っ、ぁ、ルイ……ッ」

乳首が赤くなるまで吸いついていた唇が、仰《の》け反《ぞ》る紲の胸を下へ下へと辿《たど》っていく。

昴りから離れたルイの指が、そのまま背中に回り込んできた。シーツに埋まっていた臀部《でんぶ》の片側を掬《すく》うように撫でられ、腰ごと浮き上がらせられる。脱ぎ切れていなかった脚衣と下着を、纏《まと》めてずるりと抜き取られた。

「お前とこうしていられることが私には夢のようで……嬉しくて堪らない。この世に生まれてきてよかったと思える。お前は違うのか？　悦んでいるのは体だけか？」

「……っ、あ……あ！」

宙で脚を広げられ、紲は浮かされた体を捩《よじ》る。

ルイの吐息が屹立《きつりつ》にかかり、あわいには指を添えられた。

淫魔特有の愛液を滴《したた》らせる後孔が、ルイの指を迎え入れる。内向きに窄《すぼ》まって長い指を奥へ奥へと導き、関節に縋《すが》るように絡みついた。

「は……ぁ、は……っ……ルイ……」

ルイの舌が聳《そび》えた欲望に当たり、ぬるぬると滑りながら上下する。

血が巡って張り詰める裏筋を、細く尖らせた舌で丁寧《ていねい》に舐《な》め上げられた。さらに唇で挟まれ、筋だけを口内に吸い込まれる。ジュッ……と、卑猥《ひわい》な音がした。

「は……ふっ、ぁ……っ!」

体の内側の粘膜と外側の粘膜を同時に責められ、四肢の力が抜けて快楽に溶けていく。

牙から注入された毒の影響《えいきょう》もあり、正気が摑めなくなっていた。

わずかな光が拡散する朧《おぼろ》な視界、重なり合う白い肌、そして首の傷から流れる二筋の血——鼻腔を擽《くすぐ》り脳へと伝達されるその匂いが、紲の欲望を加速させる。

「ルイ……ルイ……ッ」

切なく名前を呼んだ時にはもう、彼は何も言えない状態になっていた。屹立の裏筋を舐めていたはずが、ずっぷりと喉奥まで迎え入れている。食べてしまいそうな勢いでくわえ込んで、それでもなお舌を動かした。

「ふっ、う……あ、あ……っ！」

後孔に収まっている指まで動かされ、紬は両膝《りょうひざ》を大きく震わせる。

性器の裏側辺りにある前立腺《ぜんりつせん》を、滑らかに前後する指先で擦《こす》られた。全身が性感帯《せいかんたい》のようになっていても、そこはやはり格別で……凝《こ》りを解《ほぐ》すように弄られると快感が駆け巡る。

「や……あ、ぁ……っ、あ……！」

はしたない蜜が、前からも後ろからもとろとろと溢れだした。喘いで開いた口の中は唾液に満ちて、泳ぐ舌から滴が飛ぶ。堪らずに顔を横向けると口角から唾液が漏れてしまい、それが耳まで伝った。

「ふうっ……か……っ、は……っ」

喘げば喘ぐほど責められ、淫靡《いんび》に応える体が濡れていく。

指淫《しいん》や口淫《こういん》の音が、ジュプジュプと浅ましく変わっていった。

「んぅ、ん、ん——っ！」

絶頂を堪え切れなかった紬は、どうしようもなくいやらしい音を耳にしながら変容する。

宙に浮かされている尾てい骨《びこつ》の周辺が熱くなり、煙草を押しつけられたように焦《こ》げる感覚を覚えた。そこから尾が出てくるのがわかる。蜥蜴《とかげ》の尻尾に似た細く長い尾——黒色で重たく、鞭《むち》のようでもあるそれが、体の中から勢いよく飛びだした。

「ルイ……ッ、早く……っ、もう……っ」

紲の尾は淫毒の香りに満ちた空気を裂いて、迷うことなくルイに向かう。半ば鞭打つように背中に当たり、脱げかけの脚衣に忍び込んだ。

「ルイ……ルイ、ッ」

亜麻色《あまいろ》の双眸《そうぼう》を赤と紫の二色に変えた紲は、第三の手として使える尾でルイの雄に触れる。脚衣や下着の中で限界まで張り詰めていたそれを摑み、根元をきつく締め上げた。

「紲……っ……」

口淫を中断したルイは、体を起こしながら色めく視線を送ってくる。最初は紫の瞳だったが、唇を寄せ合わせた時にはもう、人間時の紺碧の瞳に戻っていた。

惹かれ合い、再び重ねた唇の間から、ルイの唾液《だえき》を注《そそ》がれる。淫魔に変容した紲の口内に、人間時のルイの唾液……体が欲する養分が味蕾《みらい》に沁《し》みて、心に翼が生えるようだった。

「……ッ、ルイ……もっと……っ、俺の中に……お前の、を……っ」

紲はルイの首に両手を回して強請《ねだ》りながら、さらにキスを続ける。

自分と同じ温度になっているルイの唇を斜《なな》めに塞いで、唾液をチュプッと吸い取った。

美味しくて堪らない……けれど淫魔として本当に欲しい物は別にある。唾液とは比較にならない生命力を得られる体液——精液を求めて、全細胞が発情する。

「ん、んく……っ、ふ……っ」

「——っ……！」

熱烈なキスの最中、ルイは口の中で「紲……っ」と声を漏《も》らしたようだった。

耳ではなく舌でそう感じた瞬間、紲はルイの雄に貫《つらぬ》かれる。

「う、う……っ、ん……っ、う——っ！」

指と入れ替えに入ってきたのは、細い尾に絡まれた欲望——それはまだ冷たくて、脈《みゃく》打って
いるにもかかわらず人間離れした温度だった。紲に触れていた唇や手指は温かいのに、触れて
いなかった箇所はひんやりとしているのが不思議《ふしぎ》で、半年一緒に居ても、どきりとしてしまう。

「は、んぅ、う……ぅ、う……！」

「——ゥ……ッ……」

熱い舌と呼吸を交わしながら、お互いの体を抱き寄せて繋げていく。

紲はルイの雄を、尾でみちみちと締めながら自分の体の奥深くに誘《さそ》い込んだ。

温度差があることで、より明瞭《めいりょう》に感じられるルイの存在感——やがて同じ温度になることで
感じられる一体感。どちらも愛しくてならない。媚肉《びにく》が疼き、腰が勝手に揺れてしまう。

「ル、イ……ッ、俺……っ……今……」

今、凄《すご》く幸せだ。そう言えるものなら言ってしまいたかった。ルイの毒がもっと強く効いて
いたら、正気を失ってなんでも口にできたかもしれない。

「紲……っ、紲……！」

「はうっ、あぁ……っ」

ベッドが軋《きし》むほどの勢いで、ルイが腰を揺らしてくる。

キスなどしていられなくなり、唇や鼻筋を掠《かす》め合わせるばかりになった。

筋肉質な体が重い――重くて重くて骨まで軋む。抜けそうなほど引かれた後に、ずっしりと一点にかかってくる加圧が凄まじかった。柔《やわ》らかな肉を硬い肉で抉《こ》じ開けられて、押しだされた淫蜜《いんみつ》がゴプゴプと音を立てて溢れ返る。泡《あわ》まで立ち、双丘の間から背中に向けて流れ落ちた。

「ふっ、う……っ、う――っ！」

「――ッ……ハ……！」

膝裏を摑まれながら激しく穿《うが》たれ、体中の関節が悲鳴を上げる。

痛みがないわけではなかったが、それすらも快楽へと結びついた。ルイのことしか考えられない……ルイと一緒に居られる幸せに酔いしれて、世界が小さく閉じていく。

「ルイ……ッ、あ……熱っ、い……！」

「――ッ、ゥ……紲……これは、お前の熱だ……っ」

奥の奥まで届くルイの欲望は、紲の体温を完全に移し取っていた。一挿《ひとさ》しごとに熱くなり、果ては摩擦《まさつ》によって焼きつかんばかりの熱を孕《はら》む。先程まで冷たかったのが嘘《うそ》のように燃える肉塊に、紲の媚肉は全力で縋りついた。

「――ルイ……ッ、ルイ……俺の中に……お前が……っ」

「紲……っ、私は……お前を幸せにしたい……たとえ短い間でも……っ、一緒に……」

官能に震えるルイの声——艶《つや》を含《ふく》み、甘く響《ひび》いているのに切なく沁みる。

尾に巻かれることで太さが増したルイの物に向かって、紲は腰を揺らした。彼の背中に手を回し、脈打つ首筋、耳殻の裏側、髪の生《は》え際《ぎわ》……そこに鼻を近づけて匂いを嗅《か》ぎ込《こ》む。

——本当はもう……とっくに幸せになってる……物凄く、幸せだ……。

紲は涙の浮かぶ瞳を瞼に隠し、ルイの抽挿《ちゅうそう》を受け止める。

両目の赤い完全な使役悪魔だった頃は、ルイの毒に侵されて滅茶苦茶《めちゃくちゃ》になれたのに……今の紲はそこまで正気を失えなかった。貴族にやや近いオッドアイになってから、彼の毒があまり効かなくなったのだ。こうやって自分の意識をある程度保ったままルイと愛し合えるのはいい。とてもいいけれど、時には昔のように狂《くる》いたくなる。

「あ、あ……っ」

「——ッ……!」

一際荒々《ひときわあらあら》しく動いた後で、ルイは小刻みに腰を震わせた。

紲も同時に達して、お互いの体を掻き毟《むし》らんばかりに抱き寄せる。

同じ温度になった体が、ドクドクと鳴っていた。どちらも強い生命力に溢れている。

「……ッ、ルイ……」

奥深い所に、熱く重い物を注がれた。断続的に次々と波が来る。

迸《ほとばし》る劣情《れつじょう》は命の糧《かて》として体に沁み、愛の証として心を満たしてくれた。

「紲、愛している……」

「……っ……俺も……」

それだけ言うのが精いっぱいで、紲は言葉を呑《の》んで涙を止める。

――もしも正気を失えたら……俺はきっと、お前を愛してるって……今、凄く幸せだって、そう言うだろう……お前がいれば何も要らないとか……虚《うつ》ろな目をして繰り返す。結局は……それが本音《ほんね》なんだ。だから俺は自分が嫌いで、消えたくなる……。

ルイのことは愛している。自分自身は嫌いでも、彼のことは好きで堪らない。それなのに、負の感情を心の底に押し込めて蓋をすることができない。人間的なモラルを盾《たて》に彼を苦しめ、死にたいと縋る自分は残酷《ざんこく》だ。

たった一言、口に出して伝えられたらいいのに……たとえ嘆くことがあっても、本音で愛と幸福を語りさえすれば、少なくとも一人だけは幸せにできるのに――。

「ルイ……さっきは、ごめん。気が動転して……」

「――紲……」

「俺……もう大丈夫だから……心配しないでくれ。血を見たし……それに相手が豹だったから混乱したりして……でも本当はわかってるから。お前と一緒に居られて、今……っ」

世界で一番大切な人を幸せにしたくて、紲は必死に言葉を紡《つむ》ぐ。笑顔を作ろうとするものの、上手くいかずに唇が歪んだ。声も息も詰まってしまう。

「紺……」

ルイは繋がったまま少しだけ身じろぐと、紺の爪先をシーツの上に落とした。いつの間にか痙攣《けいれん》していた脚を撫で、震えが完全に止まるまで何度も摩る。

「私に気を使って無理をしなくてもいい。お前と一緒に居られるだけで十分だ」

「ルイ……」

「そう言いながらも、また声を荒《あ》らげてしまったな」

ルイは苦笑気味《くしょうぎみ》に口角を上げて、額に唇を寄せてきた。音も立たないほど軽やかな口づけの後に、こめかみにもキスをする。そこにある涙の筋を舐め取って、「愛している」と、甘過ぎるほど甘い声で囁いた。

「……っ……ちゃんと、幸せだから……」

涙が零れ落ちるように自然に、言葉が漏れる。

紺碧のルイの瞳に、明るい光が差すのが見て取れた。笑う時はいつも上品で控えめだったが、表情よりも正直な瞳が悦びを物語る。

「お前がそう言ってくれると……体中に力が湧《わ》いてくる」

「ん、う……っ、ぁ」

「――ッ」

ルイは落ち着き切らない身を繋いだまま、向きだけを変えて紺の隣に横になった。

片方の手を繋ぎ、腰を抱いて裸《はだか》の胸を密着させる。

お互いに呼吸や心音を感じるほど身を寄せて、漂《ただよ》い続ける求愛の香りを嗅ぎ合った。

「紲、モスクワに到着したらすぐに日本に向かおう」

「……っ、え？」

「この半年間ロシアとアジアを中心に移動を続けてきたが……日本には一度も行かなかった。島国だからというのが理由ではあるが、無理をしてでも行くべきだったと後悔している」

「ルイ……」

「滞在期間は、女王の視線を感じるまで。それがどのくらいかはわからないが、いざとなればすぐに出国できるよう準備をしておく。祖国に帰れば少しは気持ちが和《なご》んで落ち着くだろう？日本の夏と、口に合う食事を愉《たの》しむといい。あとは……温泉《おんせん》にでも浸《つ》かって花火を観るか？」

ルイが引き寄せた羽毛《うもう》の上掛けを被りながら、紲は目を瞬《またた》かせる。

日本に帰りたいと思ったことは何度もあった。できることなら軽井沢に……苔生《こけむ》した鹿島《かじま》の森に帰りたい。

むしろそう思わない日など一日もなかった気がする。けれどルイに向かっては一言も言わず、本気で帰ろうと考えたこともなかった。蒼真とルイが戦うことを避けたい紲にとって、日本は絶対に近づいてはならない場所だったからだ。

「……駄目だ、蒼真が居るのに……日本になんて行けない」

「蒼真と会ったところで、決して戦わないと約束したはずだぞ」

「それでも駄目だっ、行くだけでも……きっと迷惑になる……」

「無論《むろん》蒼真の管理区域に近づく気はない。伊丹《いたみ》空港から入国して、京都や奈良に滞在するのはどうだ？　札幌《さっぽろ》という手もある。夏の北海道は軽井沢のように過ごしやすそうだ」

「それは、そうだけど……」

「地球上のどこに居ても女王の千里眼は私達の居場所を特定し、刺客を寄越してくる。どこに行っても見つかるなら、お前が少しでも楽しめる所に行こう。これまではあまり余裕がなくて、苦労ばかりかけてすまなかった」

ルイに穿たれたまま抱き締められ、紲は瞬きすらもできなくなった。

胸の底から数多くの言葉が迫《せ》り上がってくるのに、口を開くと形にならない。

余裕がなかったのも、苦労ばかりかけているのも自分だった。ごめん、ありがとう——そう伝えたい唇は上手く動かず、もどかしい唇に代わって尻尾が宙を舞う。

「嬉しそうな動きだな」

ルイは笑いながら言うと、紲の尾をパシッと摑まえる。

濡れた先端を指先で撫で、もう一度、咲《さ》き誇《ほこ》る薔薇のように微笑《ほほえ》んだ。

# 2

モスクワから日本に移動して四日目――逃亡中の吸血鬼ルイ・エミリアン・ド・スーラは、最愛の恋人、香具山紲と共に京都に来ていた。数時間前までは富良野《ふらの》に居たのだが、女王の千里眼に捉えられたため、虜を連れて西日本に移動した。

万全《ばんぜん》を期すなら国外に出るべきなのはわかっている。けれど日本に来てから紲が元気を取り戻して楽しそうにしているので、もう少しこの国に居たかった。

千里眼による女王の視線は、紲の能力でも感知することができるが、女王が執着《しゅうちゃく》しているのはルイであり、幸い今回は紲に目が向かなかった。そのため紲は、ルイが千里眼に捉えられたことに気づかず、「予定を早めて京都に向かおう」という突然の提案を、そのまま素直に受け止めている。

「懐石《かいせき》料理を食べながら花火とか、贅沢《ぜいたく》過ぎるな」

嵐山《あらしやま》の対岸に位置する温泉旅館の離れ屋で、紲は夜空を見ながら日本酒を口にする。

ルイは洋装のまま座っていたが、紲は旅館の浴衣《ゆかた》姿だ。

窓の外では、長らく中止されていた嵐山の花火大会が、規模を縮小した形で再開されていた。

本当ならば今頃は北海道で花火を観ているはずだったのだが、同じ日に京都で観られたのは運がよかった。ルイは内心胸を撫で下ろし、何事もなかった顔をして夜空を見上げる。自分が余計なことさえ言わなければ、寧静《ねいせい》な時が続いて紬が笑顔でいられるのだ。

――せめてあと一日だけでも……。

夏の京都は蒸《む》し暑《あつ》いと聞いていたが、大堰川《おおいがわ》からの涼風《すずかぜ》が静かに流れ込んでいた。

空調機に頼らずとも過ごしやすく、酒の香りはもちろん、部屋に焚《た》かれていた香の匂いも、青畳《あおだたみ》の香りも好ましい。

「ルイ、酒」

「ああ、ありがとう」

ルイは紬に地酒を注がれ、料理にはほとんど箸《はし》をつけずに飲んでばかりいた。

吸血鬼は代用食では賄《まかな》えないため、ルイは人間以外の血を好まない。肉も魚も口にせず、京野菜や豆腐《とうふ》、湯葉《ゆば》や生麩《なまふ》を少し食べるのが精々だった。やけに食欲の旺盛《おうせい》な紬に、好きな物を先に取らせている。

「鱧《はも》は淡白《たんぱく》だし美味しかったけど、無理そう？」

「――お前が勧《すす》めるのなら、試してみよう」

「無理しなくていいから。もらおうか？」

「そうしてくれ」

紲は氷を敷き詰めた硝子皿を手に取り、梅肉《ばいにく》の添えられた鱧を食べた。

親の教育が良かったのか、一昔前の日本人だからなのか、箸の使い方が実に見事で、静かに食べる様が美しい。紲が食べているとなんでも美味しそうに見え、もしかしたら自分の舌にも合うのではないかと錯覚《さっかく》した。

——それにしてもよく食べる……夕食の前にもわらび餅《もち》や茶団子《ちゃだんご》を食べていたような……。

ルイは花火よりも紲に注目し、着実に空いていく器に目をやる。

紲の食事量が近頃急に増えているうえに、睡眠時間も長くなり、些《いささ》か気になっていた。紲は淫魔の性質上、普通の人間よりも食が細い。睡眠に関しては人間同様だった。

ルイの精液を十分に摂取しているにもかかわらず、人間の食物を多く摂り、人並以上に長く眠るのは妙《みょう》な話だ。口では一応、「作ってくれた人に申し訳ないから」と言って、ルイが苦手な物を片づけている体《てい》を取っているが、一人分では足りない様子に見える。シベリア鉄道の食堂車でも肉ばかりを好んで食べ、北海道ではラム肉に夢中だった。

「今夜は肉が出なくて残念だな」

「そうだな……魚も好きだけど、肉を食べないと物足りない感じがする」

「以前は菜食中心だったはずなのに……急に好みが変わったのは蒼真の血のせいか？」

自分の恋人の体が、他の男の血によって変えられているという事実——ルイにとってそれは気持ちのよいものではなく、訊《き》こうとすると舌が滑《なめ》らかに動かなかった。どうにか平静を装うことはできたが、答えを待っている間に緊張《きんちょう》が高まる。

「ああ、うん、たぶんそうなんだと思ってる。肉はそんなに好きじゃなかったし、米と漬物《つけもの》と味噌汁《みそしる》があればそれでよかったのに……やっぱり、オッドアイになったせいなんだろうな」

酒を飲みながら飯櫃《めしびつ》の中まで空《から》にした紲は、「最初はそうでもなかったのに」と付け足す。

紲は元々使役悪魔としては魔力の強い亜種《あしゅ》で、体に取り込んだ蒼真の血によって、少しずつ変化しても不思議ではなかった。つまりは貴族に近づいているということ。それも豹族の貴族悪魔に近くなっているとしたら、肉を好むのも、食事量や睡眠時間が増えるのも合点がいく。

実のところルイは、紲の身体的変化を舌で感じていた。血の味が少しずつ獣人系悪魔寄りになっている気がしていたのだ。それだけではなく、以前にも増して毒が効きにくくなったように思う。即ちそれは、貴族悪魔に近づいているということだ。

――このまま貴族寄りのオッドアイとして進化が進めば……いつか蒼真の血に取り込まれて、完全に獣人化する日が来るのだろうか……。

ルイは浴衣姿の紲を見つめながら、遠くで鳴り響く花火の音に耳を打たれる。

一際《ひときわ》大きな花火が夜空に輝き、紲は会話を中断して窓外に目を向けた。

横顔でも微笑んでいるのがわかる。亜麻色の瞳が煌《きら》めいていた。

「うわ……凄いな、今の見たか？　あの花火なんて言うんだっけ？　すぐに消えずに残る……枝垂《しだ》れみたいな感じの……」

「錦冠《にしきかむろ》だ」

「そう、それっ、詳しいんだな」

紲は畳に手をついて身を乗りだし、「綺麗だったな……」と、しみじみと感嘆《かんたん》する。

空に咲いた黄金の花が消え失せても、笑顔が曇《くも》ることはなかった。花火に夢中で、「紲」と名前を呼んでも、「うん？」とだけ答えて振り向かない。

浴衣の襟《えり》から覗《のぞ》くうなじが悩ましいほど白く見え、ルイはそこに豹の斑紋が浮かぶ様を想像した。まるで蒼真の刻印《こくいん》に思えてきて、考えるだけで胸が苦しくなる。

本来なら紲は、名目上は自分専属の餌《えさ》として、ヴァンピールになるはずだった。

豹族寄りのオッドアイにしてしまったことは、甚だ不本意でならない。しかしそうなるまで追い込んでしまったのは紛《まぎ》れもなく自分で、骨身《ほねみ》に沁《し》みるほど悔《く》やんでも後の祭りだった。

「女王が……お前のことを蒼真の血族のように見えると言っていたが、確かに私にも、お前の中に豹族の血を感じる時がある。淫魔でありながらも、蒼真の血が作用してなんらかの影響が出ているのかもしれない」

「……ああ、たぶんそうなんだろうな……」

紲はやはり振り向かず、なんでもないことのようにぽつりと呟く。

それからしばらくすると浴衣の裾《すそ》を正し、座布団《ざぶとん》の上へと戻った。

「蒼真が食べる肉の量は凄いからな……あそこまで大食いになったら大変だ。あ、大食いって言うと、『健啖家《けんたんか》と言ってくれ』とか言い返してくるんだ」

「同じだろう。妙なところにこだわるんだな」

「蒼真には蒼真の美学があるからな」

視線を合わせると、紺はくすっと笑う。本当に気にしていないのか、変化を恐れながらも強がっているのか、どちらとも取れる目をしていた。少なくとも絶望はしていない。死にたいと迫ってきた時とは明らかに違って、紺の瞳には輝きがあった。

「お前が豹になったとしても、私は何も変わらない」

「……ああ、わかってる。そういうのは、ちゃんと信じてる。お前に嫌われることを恐れて、ビクビクするのはやめたんだ。それに豹になれたらいいなって思ったりもする。逃げ足が速くなるだろ?」

やはり、少し無理をしているのが感じられた。

しかしその心中を察して、深刻《しんこく》に受け止め過ぎるのは得策ではない。紺が望んでいるのは、今この空間にある空気を守ることだ。日本の夏の夜——嵐山の花火、風や川の音、漂う香りもすべて、このまま壊さずに留めておかなければならない。

「もしも豹になったら、その背中に乗って逃げるとしよう」

「お前は重いから無理。独りで逃げて木の上で待ってる」

「なんだ……私を背負って逃げてはくれないのか?」

「俺が豹になったところで大型にはならないだろ？　お前が乗ったら絶対潰《つぶ》れる」

紲はまたくすくすと笑い、ルイも今は余計なことを考えずに笑っておく。

紲は無理過ぎない無理をして、自分は努めて鈍感《どんかん》な振りをする。女王の千里眼についても、今は語らず胸に留めていた。つまりこの時間は、完全なものでもなければ真実でもない。

それでも、お互いが努力して作り上げた仮初《かりそめ》の平和を大切に守りたかった。紲と育《はぐ》む一瞬の積み重ねが、ルイには宝物のように感じられる——。

「あ、誰かが……」

他愛もない談笑をしていると足音が聞こえてきて、渡り廊下から何者かが近づいてきた。人間時でも常人より聴覚の優れたルイには、その人物が和服姿の女であることがわかる。

引き戸の向こうから挨拶《あいさつ》が聞こえてきて、これまでにも顔を合わせた仲居《なかい》が姿を見せた。運んできたのは口直し用の薄荷《はっか》の氷菓子で、その説明をしながら空いた食器を下げていく。

仲居が持ってきたのはそれだけではなく、虜の一人から預かったという浴衣も一緒だった。

いくら金を積んでも花火大会の夜にもう一部屋というわけにはいかず、今夜は虜達を離れたホテルに泊まらせている。ここは老舗《しにせ》旅館だが、一九〇センチ近い長身のルイが着て様になる浴衣は置いていなかったので、ルイは温泉に浸かってもなお洋装のままだった。

「これでやっと着替えられるな。ずっと洋服着てて疲れただろ？」

仲居が恭《うやうや》しく戸を閉めた後で、紲は座卓から離れて浴衣を広げる。

確かに洋装で長時間座布団に座っているのは窮屈《きゅうくつ》でならず、早く着替えたい気分だった。

「色も柄も綺麗だし、裄丈《ゆきたけ》も十分。凄く似合いそうだ」

予《あらかじ》め注文してあった浴衣は九条にある呉服屋《ごふくや》の物で、見るからに大きかった。

柄は美しい流線を描く糸菊《いとぎく》――大柄な人間が着ることを想定して、繊細でありながらも実にダイナミックに描かれている。

「糸菊って涼しげでいいよな、粋《いき》で品があるし。お前は薔薇のイメージが強いけど、なんでも綺麗に着こなせそうだ。こっちは俺の？」

「ああ、浴衣にしては華やかだな」

紲はすでに旅館の浴衣を着ていたが、虜が用意した浴衣は二着あった。もう一つには花火の柄が入っている。西陣織《にしじんおり》の半幅帯が添えられていて、どことなく可愛いらしい。

「ちょっと派手だな……女物っぽい柄だし、若くないと着れなさそうだ」

「二十歳そこそこに見えるから問題ない。きっとよく似合う」

「百歳なのに？」

苦笑しつつ自分の浴衣を手にした紲は、次第に柔らかな笑顔へと表情を変える。

蕾《つぼみ》からゆっくりと花開くような変化だった。地味な浴衣など早く脱いで、終わってしまった花火の代わりに花火柄の浴衣を着て欲しくなる。

「氷菓子を食べ終えたら、露天風呂《ろてんぶろ》に入って早々に着替えるとしよう」

「そうだな。お前と一緒に浴衣着て、ゆったり過ごせる日が来るなんて思ってもみなかった」

嬉しくて、ただ嬉しくて堪らない――そんな顔をされると、膝《ひざ》を一気に進めたくなる。

このまま唇を奪って押し倒し、首筋を咬《か》んで血を吸って……前後不覚になるほど乱してしまいたい気持ちと、素面《しらふ》のままこうして微笑んでいて欲しい気持ちが交錯《こうさく》していた。

「あ、氷菓子……シャーベット？　もうかなり溶けてる」

紲はルイの迷いを余所《よそ》に、硝子細工《ガラスざいく》の器を覗く。

おかげでどうにか気を落ち着かせることができたルイは、黙って座布団の上に戻った。

「仲居さん、ミントじゃなくて薄荷って言ってたな」

「そう言うだけの違いがあるのだろう。調香師としてはどうだ？」

華奢《きゃしゃ》な器には微《かす》かに青みを帯びた氷菓子が入っていて、薄荷の香りが漂っている。

薄荷はミントの品種の一つで、厳密《げんみつ》には日本で自生している和種を示す。洋種と比べてメントールが多く、爽快感《そうかいかん》のある香りが特徴だった。

「今時珍しく正統派の和製薄荷を使ってるな。仕事で使う時とか、注意しないと駄目なんだ。プレゴンやメントフランを多く含んだ物が混在してることがあって……」

「外来種との交配が進んだせいだな」

「そう、純然《じゅんぜん》たる和種の薄荷は少なくなってる」

ルイは紲と同時に、溶けかけた氷菓子を銀色のスプーンで掬《すく》う。

口に含むと、仄《ほの》かな甘さと爽《さわ》やかな味が舌に広がった。鼻や喉に風が心地好く抜ける感覚があり、夏の食後の口直しとしてとても好ましい物だった。

「――っ、う……！」

氷菓子を堪能《たんのう》していたルイの前で、紲は突然呻《うめ》いてスプーンを放りだす。カシャンッ！　と、本人も予想しなかったであろうけたたましい音が立った。同時に勢いよく立ち上がった紲は、口を塞いで走りだす。座布団を蹴《け》るような荒っぽい動作は、まったく紲らしくなかった。

「紲……っ!?」

何が起きたのかわからず、ルイは座卓に手をつき立ち上がる。

紲は襖《ふすま》を開けて続き間を突っ切ると、そこから洗面室に駆け込んだ。

「う……っ、うぐ……っ！」

ゴホゴホと咳《せき》をする音、そして嘔吐《えず》く苦しげな音が、蛇口《じゃぐち》から流れる水音と重なる。

ルイは少し離れた位置から丸まった背中を見つめていたが、それ以上は近づかなかった。

本当は駆け寄って背中を摩《さす》りたかったが、洗面台に顔を突っ込んでいる紲が、片手を後ろに向けて拒絶《きょぜつ》を示していたからだ。

氷菓子を食す際に思いがけず気管を詰まらせたのか、薄荷が口に合わなかったのか……紲はしばらく喘鳴《ぜんめい》を繰り返してから口を漱《すす》ぎ、胸元を自分で何度か摩っていた。

「紲……大丈夫か？」

「っ、ああ……ごめん、急に気持ち悪くなって……なんだろ、あ……体質が変わったせいかな。蒼真がミント系苦手だから、俺も同じになったのかも……さっき匂いを嗅いだ時も、ちょっとなんか、あんまり好感持てなくて……今までと違う感じがしたんだ」

タオルで顔を拭った紲は、嘔吐したことを恥じている様子だった。意図的に視線をずらし、途切《とぎ》れ途切《とぎ》れではあるものの早口に喋っている。

「急に肉を好むようになったのだから、嫌物《いやもの》が蒼真と同じになるのも無理はない。これからは蒼真の嫌いな物は避けたほうがいいかもしれないな。とにかく水を……」

紲が蒼真の血の影響を受けている——そう思い知るほどに、拭いようのない悔恨《かいこん》や罪悪感《ざいあくかん》がルイの胸に広がっていく。かといって負の感情に蝕《むしば》まれるほど弱くはなかった。未だに羞恥を感じている様子の紲に微笑みかけ、居間のほうへと導いていく。

「行儀の悪いことして、ごめん……うわ、座布団がとんでもないとこに……」

襖の向こうの居間に戻ると、紲はようやく笑顔を取り戻す。苦々しい笑いかたではあったが、座布団を直して一呼吸ついた。しかし腰を据《す》えることはなく、どこか所在なくうろうろとして、外を見たり浴衣に目をやったりと忙しい。

「えっと、もう一度風呂入るんだったな。露天風呂が部屋についてるとか、ほんと凄い……」

「入浴はもう少し休んでからにしろ。ここの湯は熱めだからな、すぐに入ってまた気分が悪くなってはいけない」

「じゃあ、散歩でも……夕方行った竹林とかいいな、マイナスイオンたっぷりって感じで」

紲はそう言いながら、今度こそ本当に晴れやかな顔をした。

鹿島の森を毎日散策する習慣があったせいか、紲は自然の中を当てもなく歩きたがる。特に夜間や夜明け頃の散歩を好み、止めなければ延々と歩いていた。

「散歩か……」

「新しい浴衣に着替えてからにしよう。そういうの、ちょっといいだろ?」

二人で歩くところを想像しているらしい紲を見つめて、ルイは「そうだな」とだけ返す。

正直なところ、夜間に人気のない場所に行くのは避けたかった。

北海道から京都に移動したことを女王にはまだ知られていないはずだが、かといって油断はできない。自分の居所を特定できるのは、千里眼だけではないからだ。

貴族には他の悪魔を引きつける力があるため、ルイが外を歩いているだけでも、この地域を管理している貴族悪魔や、その眷属に見つかる可能性がある。そうなれば教会本部に報告され、一日もしないうちに新貴族が日本に乗り込んでくるだろう。血気盛んな悪魔がこの地を治めている場合は、新貴族の到着を待たずに襲ってくるかもしれない。

――半年前と変わっていなければ、西日本を管理しているのは白虎《びゃっこ》の汪煌夜《ワンファンイェ》。蒼真とは仲がよかったはずだ。確か……獰猛《どうもう》で好戦的な男で……。

紲に帯を締めてもらいながら、ルイは黒い山影と月を見据える。

汪煌夜と戦っても負ける気はしなかったが、蒼真を彷彿《ほうふつ》とさせるような獣人を倒せば、紲の心がダメージを受けるのは目に見えている。日本に長く居たい気持ちとは裏腹に、一刻も早くこの国を出なければならない状況だった。女王や虎族《とらぞく》に見つかって、戦闘になる前に——。


新しい浴衣に着替えた二人は、雪駄《せった》を履いて嵐山の竹林を静かに歩く。

玉石の敷き詰められた遊歩道を歩いているため、足元にはそれほど目をやらなくても済んだ。

時折二人で夜空に浮かぶ三日月《みかづき》を見上げながら、山を少しずつ上がっていく。

ルイは手を繋ぎたいと思っていたが、観光客と擦れ違うこともあるせいか、紲は微妙に手の届かない距離を空けていた。

「竹林を見ると虎を思いだすよな」

「！」

「そう言えば、この辺を管理してるのは虎族の貴族悪魔だったよな？　煌夜《こうや》とかいう」

「知っていたのか——」

「名前だけ。正しくはワンなんとかって……蒼真がその貴族のことを友人だって言ってて、時々会いに行ってるからな。他の貴族のことは知り合いとしか言わないし」

紲は隣を歩きながら、「あ、お前のことは幼馴染《おさななじみ》だって言ってた気がする」と付け足す。

ルイとしては無用な気遣いだったが、紲が煌夜に襲われることを具体的に考えたり恐れたりしていないのがわかり、密かに息をつく。

紲は女王が千里眼を使ったことに気づいていないため、日本に来てからは追手の存在を気にしていない。貴族ではない身で神経を研ぎ澄ませたところで意味がないことと、土地勘のある自国に居ることも手伝って、気持ちにゆとりがあるようだった。

「女王の視線……感じないな。でもきっと、あと何日かしたら感じるんだろうな……」

「その時はその時だ」

「ああ……」

女王はすでに、自分達が日本に居ることを知っている――そんなことはとても言えなくて、ルイは余裕のある振りをする。蒼真にも煌夜にも、教会本部から疾《と》うに連絡が入っていることだろう。日本国内の魔族が自分達を捜し回っているのが直感的にわかる。

刺客としてイタリアから送り込まれる新貴族が、移動を見越して北海道ではなく日本各地に散らされる可能性もあった。この小さな島国のどこにも逃げ場はないのかもしれない。

しかし逃げなければならない。もしも戦いになってしまった場合は、紲の意識を失わせて、凄惨《せいさん》な光景を見せないようにすればいい――。

「ルイ……難しい顔してるけど、大丈夫か？」

「あ、ああ……」

「何を考えてるんだ？　ちゃんと話してくれ」

光源の少ない竹林の間を歩きながら、紲が少しだけ距離を詰めてくる。

髪や肌からいい匂いがした。淫毒というレベルの強さではないが、生来の蜜林檎の香りが、ほんのりと香っている。

「お前が手を繋いでくれないので、右手の行き場について考えていた」

「またそんなこと言って誤魔化す」

「本当の話だ」

ルイがあえて真顔を作ると、紲は笑って後ろを向く。誰も見ていないことを確認してから、そっと手を握《にぎ》ってきた。ルイの体温は外気温と同じになっていて、夏とはいえ紲の手のほうが温かい。あまり力の入っていない遠慮《えんりょ》がちな握りかただったので、ルイは自分から力を籠《こ》めた。

紲は黙って見上げてきて、目が合うとすぐに恥ずかしそうな顔をして逸《そ》らす。奥行きのある階段を上がりながら、「今夜はわりと涼しくてよかったな……」と呟いた。

――このままずっと、日本に居られたら……。

富良野から慌《あわただ》しく移動したにもかかわらず、紲は終始機嫌《きげん》がよかった。

体調は万全とは言えず、まだ微熱《びねつ》が続いているうえ、先程は薄荷のせいで気分が悪くなっていたが、日本に来てから精神的には安定していた。それに伴って体の調子も上がりつつある。

今も足取りが軽く、ルイは紲の指先や表情から、リラックスしているのを感じ取っていた。

午後に京都に着いて、夕方には散策、夜が更《ふ》けてからは鵜飼漁《うかいりょう》を見物しに行ったが、鵜匠《うしょう》の網捌《あみさば》きを眺めながら舟遊びをする姿は本当に楽しそうで、綻んだ口元が印象に残っている。

祖国に帰るということは、それだけ嬉しく、特別なことなのだ。何故もっと早く連れてこなかったのかと、悔やまれてならなかった。

「イタリアとの時差を考えると、女王の視線……明朝《みょうちょう》くらいに来ると思うか？　もう一週間は来てないし、そろそろだよな……きっと……」

「さあ、それはなんとも言えないな」

ルイは紲の手を握ったまま、延々と続く階段を上がっていく。

周囲には人の気配が感じられなくなり、遊歩道を挟む柵《さく》の向こうの竹林が気になりだした。深い闇の奥から紫の瞳の虎が現われ、毒を含んだ咆哮を天まで轟《とどろ》かせそうで――戦闘を意識すると俄《にわか》に鼓動《こどう》が高まる。いつ何が出てきてもおかしくはないのだ。

――日本に居ることを知られてから、すでに十時間……。

北イタリアのホーネット城に居ながらにして千里眼が使える女王は、唯一無二にして最強の純血種だ。しかし千里眼は大量の魔力と集中力を必要とするため、いくら女王でも多用できるものではなかった。特に貴族悪魔が張った完全結界を破るほどの千里眼を使うには、向こうにもそれなりの負担がある。

当然ながら、女王として世界各地の貴族悪魔に視線を送り、すべての魔族を統率するための牽制《けんせい》を行わねばならない事情もあった。ルイのことばかり見ているわけにはいかないのだ。

――おかげで今のところなんとか逃《に》げ果《おお》せてはいるが……あの女が本気を出したら数の力で負ける。たとえ本人が動きださなくても……。

捕まれば紲を殺され、自分は再び女王の愛玩人形《あいがんにんぎょう》にされる。外見と声と匂いにしか用がない、個を否定されたお飾りの愛人として精神的虐待《ぎゃくたい》を受けるのは御免《ごめん》だった。そもそも紲の居ない世界で生きていく気もなく、そうなる前に自害する覚悟で逃亡している。

半分は人間である混血悪魔の自分達が、純血種の手から永遠に逃れるのは困難で……いつか終わりが来るのはわかっていた。だからこそ、今ここにある幸福を大切にしたい――。

「ルイ……」

指先に想いが籠もり過ぎたのか、紲が視線を上向ける。手を繋いで歩くことに慣れたらしく、恥ずかしがらずに微笑みかけてくれた。

「！」

微笑みを返そうとした次の瞬間――ルイは肩を震わせる。

液体窒素《ちっそ》を浴びたかのように凍りついた顔で、勢いよく後ろを振り返った。

貴族悪魔が迫ってきているのがわかる。大堰川のほうから誰かが近づいてきていた。

速度は緩く、獣のスピードではない。しかし獣人系悪魔の気配だった。方角はわかるものの道が曲がりくねっているため、遊歩道を歩いているのか竹林の中に居るのか判別できない。

「ルイ……どうかしたのか？」

「獣人系の貴族が来る。地域的に考えて、おそらく虎……」

女王の視線については隠していたルイだったが、今は正直に口にする。

紲の手を一層強く握り、山に沿って傾斜《けいしゃ》した道の麓《ふもと》側に目を凝らした。

虎族の煌夜が人型で現われたとしても、見つかれば戦闘は避けられない。獣に変容されれば肉弾戦では勝ち目がなく、遠隔攻撃で裂傷を負わせ、失血させるしかなかった。その前に紲の意識を失わせる必要がある。凄惨なものを、何も見せないように眠らせなければ――。

「ルイ……違うっ、虎じゃない！」

「……っ⁉」

「豹だ、蒼真……蒼真が来てる！」

紲は断定するなりルイの手を離し、いきなり麓に向かって走りだした。それから数秒後にはルイも、迫ってくる魔力のオーラを明確に捉えられるようになる。まずは豹のものだと察し、さらに数秒後には蒼真のものだと断定できた。

――蒼真だ……確かに蒼真だが、紲は何故……私よりも早く……？

紲は浴衣の裾を乱し、雪駄を履いた足でスロープ状の階段を駆け下りる。

その後ろ姿を目で追いながら、ルイは半ば呆然《ぼうぜん》としていた。それでも思考回路は正常に働き、自問したことに対しての答えを出す。

――蒼真の血族と……同然だからか？

貴族は勘が鋭く、魔力が強い者ほど他者の接近に早く気づくことができるものだった。

その点で使役悪魔やオッドアイよりも優れているのは言わずもがなだが、血族となると話は変わってくる。紲の体に流れる蒼真の血が、仲間を求めて引き寄せられているのだろう。ルイ以上に早く正確に、蒼真を認識できるのだ。

「蒼真……っ、蒼真！」

紲は転がるように階段を下り、ルイはその背中を無言で追いかける。

中国やロシアに居た頃は精神的に不安定で、蒼真と戦うということに怯《おび》えていた紲が、今は実にストレートな行動を取っていた。あの蒼真が自分に対して牙を剝いたりはしないことを、当たり前に信じて、会いたいという感情のままに動いている。

関東甲信越《こうしんえつ》の管理を任されている蒼真が、何故京都に居るのか――それはもしかしたら酷《ひど》く恐ろしいことかもしれないのに、紲の身も心も、ただ真っ直ぐに蒼真に向かっていた。

――六十五年かけて築き上げられた、絶対的な信頼……。

ルイとて蒼真が敵になるとは思っていない。

しかし眷属を人質《ひとじち》に取られて脅《おど》されれば、やむを得ず刺客になることもあり得るとは思っていた。蒼真は何事にも執着していないように見えるが、その裏で大勢の子供達に対する愛情を秘めているようにも見えるからだ。

「蒼真っ！」

紲は蒼真のことを誰よりもわかっているはずだったが、何も疑わずに歓喜《かんき》の声を上げる。

竹林に挟まれた遊歩道を上がってくる金髪の男に向かって、飛びつかんばかりに駆け寄った。

清朝《しんちょう》の王族として生まれ、東洋的な肌を持ちながらもロシアの血を感じさせる顔……そして

ルイと同じくらいの長身と紫の瞳を持つ男――アジア系豹族の長、李蒼真《リーツァンヂェン》に間違いない。

「あ……わぁっ！」

「紲っ！」

実際に飛びつく気はなかったのだろうが、紲は階段の途中で躓《つまず》いて前のめりに崩れる。

ルイの声が響く中、蒼真は黙って足を速めた。人型でも本気を出せば相当に速い。超常的な

瞬間移動と見紛《みまが》うスピードで紲の目の前に行き、転びかけた体をしっかりと支える。

浴衣姿の紲の背中に、大きな手が回るのが見えた。そして紲も、蒼真の体に手を回す。

ルイの眼下で繰り広げられるのは、友人同士の再会とは到底思えないような抱擁《ほうよう》だった。

長きに亘り共に暮らし、生きるためとはいえ飲精行為を続けてきた蒼真と紲……今や血族も

同然の血の繋がりを持ち、見えない引力で引き寄せられている二人――。

「……ッ！」

十数段上の位置から二人の抱擁を見据えていたルイは、蒼真が奇妙《きみょう》な動きを取ったことで、

ますます心穏《こころおだ》やかではいられなくなる。

転びそうになった紲を支えるだけではなく、蒼真は何故か紲の腰帯の下に手を入れて、紲の腰を引き寄せる仕草《しぐさ》を見せた。この期に及んで、親密さをひけらかす真似などする男ではないはずだが、いきなりルイの神経を逆撫でする。

「……っ、く……」

血が沸騰《ふっとう》するような、爆発的な怒りに襲われた。ルイの体は蒼真に負けない勢いで動きだしそうになる。しかしあまりの不自然さが引っかかり、忽《たちま》ち思考が働いた。何故なのかと理由を考えたくなって、ルイは立ち尽くしたまままさらに目を凝らす。

「蒼真、久しぶりだな……元気そうでよかった。おい……なんだ？　どこ触ってるんだ？」

「──ん？　いや、なんとなく……逃亡生活で痩せてないかチェックしてるだけ」

「痩せるどころか、最近やけに腹が減って仕方ないんだ。肉ばかり食べてる」

「へぇ……俺の血を輸血したせいかな？」

再会に歓喜する紲の腰を抱いたまま、蒼真は珍しく動揺をちらつかせた。

抱き締められている紲は気づきようがないが、表情を上から見ているルイにはわかる。

何かがおかしい──ルイは直感的にそう感じて、蒼真の一挙一動《いっきょいちどう》や瞳の動きまで注視した。

蒼真はルイに視線を向けることなく、紲のことばかり見ている。常に飄々《ひょうひょう》としていて滅多に感情を昂《たかぶ》らせることのない蒼真が、どことなく……何かに驚いている様子だった。いつまでも紲の顔や体を見つめており、腰帯の中に滑り込ませた手も外そうとしない。

「蒼真？　どうかしたのか？」

「——ぁ……うん、なんかさ……綺麗になったなと思って……」

「は？　何言ってるんだ、気持ち悪いな」

蒼真は「いやほんとに」と言いながら彼らしい表情を取り戻し、紲の体から手を離した。

最初はあんなに興奮《こうふん》して駆け寄った紲も、すっかり落ち着いた様子で笑っている。

まるで蒼真と一緒に居ることが当たり前のように見えた。自然過ぎる二人の空気は、いつになってもルイに疎外感《そがいかん》と嫉妬《しっと》を覚えさせる。

——それにしても、あの手つきと動揺はいったい……。

寿命が千三百年近くもある貴族悪魔にとって、半年など短いもので……劇的な再会ではなく、すぐにあっさりとした態度になるのは合点がいく。しかし先程の反応は妙だった。久しぶりに会ったからというわけでもなく、紲が転びかけたからでもなく、蒼真は確かに目を見開いて、何かに驚いていたのだ——。

「抱き締めたりしちゃダメだよな、旦那《だんな》が凄い顔して睨《にら》んでる」

豹柄の黒いカジュアルなトップスとジーンズ姿の蒼真は、完全にいつもの調子を取り戻していた。紲はといえば、ルイのことを忘れていたかのように慌てて振り向く始末で、些細《ささい》なことながらにルイのプライドは傷つけられる。

「久しぶりだな、ルイ」

蒼真は人型でありながら、紫の瞳で見上げてきた。

人間の時は紺碧の瞳を持つ男だが、今は豹に変容せずに悪魔化している。

獣人にとっては難易度《なんいど》が高く、長時間は持たない変容方法だ。

ここであえてそうしている理由は考えるまでもなくわかった。人間に見られる可能性のある場所で、人型のまま直感力や五感を高め、自分達を見つけだすためだ。

――殺気がない……攻撃する気はなさそうだが、何故ここに……。

警戒《けいかい》するルイを余所に、蒼真は紲とルイの姿を交互に見る。

そしておもむろに笑った。

「二人して浴衣なんか着て、随分《ずいぶん》余裕のある逃亡者だな。俺も着てくればよかった」

いつも通りの皮肉っぽい笑いかただった。蒼真らしく、ぎこちなさは感じられない。どことなく人を食ったような喋りかたも健在で、隠し事をしているようには見えなかった。

蒼真の言葉に対して紲が、「持ってたよな、豹柄の浴衣」と、普通に応じる。

二人はそのまま、「そう言えば見かけないけど、あれどこに入れてある？」「和室の桐簞笥《きりだんす》。防虫剤を定期的に取り換えるよう、注意事項に書いただろ」「まだ半年じゃん」といった、至極日常的な会話を展開していた。

しばらく会っていなくても、その間に胸の痛む出来事があっても、顔を見合せた途端一気に時間を飛び越えてしまえる二人の絆《きずな》は、家族に近いものだ。

六十五年間も番関係《つがい》にあれば当然なのだろうが、ルイの胸には不快感がじわじわと広がっていく。紲が蒼真よりも自分を選んだことはわかっているのに、それでも嫉妬は止まらない。恋や愛だけではなく、友情や家族愛もすべて独占《どくせん》したくなるのだ。

「お前が何故ここに居る？」

「教会本部から連絡が入ったからだよ。二人が日本に居るってね」

ルイは一歩も歩み寄らず、紲と共に階段を上がってきた蒼真と対峙《たいじ》する。

スロープ状の階段は奥行きが広いため、二段違いでも十分な距離があった。

蒼真の答えに大きく反応したのは紲で、目を見開くなりルイのほうを見上げる。

紲が言いたいことが、ルイにはよくわかっていた。「女王の視線を感じてたのか？」と訊きたいのだろう。「感じたが黙っていた」と正直に言えば怒るだろうが、「感じることができなかった」と嘘をつくと、女王の存在を今以上に怖がらせることになってしまう。

「――ルイ、女王の視線……」

「すまない、午前中に視線を感じたから予定を変更して京都に来た。今回……あの女は私しか見ていなかったようだ。お前が気づかなかったので、限界まで言いたくなかった」

「……っ」

紲は勢いよく口を開きはしたが、息を吸っただけで何も言わなかった。

以前なら食ってかかってきそうなところで、今は言葉を呑んでいる。

おそらくは、黙っていた理由をわかっているからだ。怒りの感情は隠し切れていなかったが、それでも許しの視線が向かってくる。

「すまない……」

「……っ、もういい……けどその話からすると、千里眼に捉えられたのは富良野に居た時ってことなんだろ？　それなのになんで蒼真が京都に居るんだ？　俺達がここに移動してきたのもバレてるってことか？」

紲は気持ちを切り替えるように顔の向きを変え、横に立つ蒼真に問いかけた。

紲が訊いたことは自分が知りたいことと同じだったので、ルイは黙って蒼真を睨み下ろす。

この場で攻撃してくることはなくても、眷属を人質に取られて教会の手先として動いている可能性はあった。女王がもし、投降《とうこう》を勧める説得役として誰かを立てるとしたら、まず間違いなく蒼真を選ぶだろう――。

「あんまり怖い顔すんなよ……お前が想像してる通り、俺は女王から説得役を命じられてるし、それができない時は紲を油断させて抹殺《まっさつ》しろとか言われてるけど、無理強《むりじ》いするつもりも殺すつもりもまったくないから」

「……人質を取られたのか？」

「いや、俺は役目をすんなり引き受けたから、今のところは平気」

蒼真が語る横で、紲は見る見る血色を失っていく。それでも一歩も引くことはなかった。

蒼真がその気になったら、変容するまでもなく瞬殺できる位置に立ったまま、固唾《かたず》を呑んで硬直している。

「ルイと紲が日本に居るって連絡があった直後、煌夜からも電話が入って……西日本に来ると思うかって訊かれたんだ。それに対して『絶対ない。間違いなく国外に逃げる』って断言しておいたけど、ほんとは行くだろうなって思ってた」

蒼真はルイの顔を見て話していたが、不意に紲の顔を見つめる。

さりげなく肩に触れ、抱きはせずにポンッと音を立てて軽く叩いた。そのまま肩を掌で包み、撫でるでも抱くでもない微妙な触れかたをする。

「半年間一度も日本に近づかなかったのにとうとう来たってことは、逃亡や戦闘で紲の負担が限界に達したってことだろ？　そうだとしたら簡単に日本を離れたくないだろうし……富良野では今夜、大きな花火大会が予定されてた。この時期過ごしやすいのは北海道だけど、本州で俺の管理区域外に移動するなら、好み的に京都があやしい。それも数年振りに花火大会が開催される嵐山かなって思ったら大当たり」

「――っ」

「俺にはなんでも御見通しってやつ？」

蒼真はくすっと笑いながら、ルイに口を挟む隙《すき》を与えずに、「やっぱ自分の国が一番？」と、紲に問いかけた。応じる紲は、「当然だろ」とだけ返す。

紲が言葉にしたのはたったそれだけなのに、ルイは蒼真の横顔から、彼が何もかも理解していることを悟《さと》った。逃亡生活で疲れていたこと、精神的に参っていて日本に帰りたかったこと、そういったことを全部、じっくりと聞いた後のような顔をしている。

見えない壁が立ち塞がり、一歩先に進むことができなかった。映画でも観ているかのように、自分の居ない世界が目の前にある。

蒼真に会って肩に軽く触れられ、目を見合わせて少し話す――たったそれだけで、紲の心がどれほど救われているか、癒《い》やされているか……嫌というほど伝わってきた。

「ここでもたもたしてもいられないんで肝心《かんじん》なことを話すと、煌夜が空港や主要各駅に眷属を配置したのかしなかったのか、俺もそこまでは知らない。夕方京都に着いた時点では、赤眼《あかめ》がうろついてる気配はなかったけど……そっちはどうだった?」

「空港にも魔族は居なかった」

「そっか……じゃあアイツ、俺の言葉を素直に信じたんだな。それならいいけど、見つかると面倒なんだ。好戦的だし吸血鬼嫌いだし、戦いたくてうずうずしてる奴だから」

蒼真の表情はもちろん瞳の動きまで注視していたルイは、そこに偽《いつわ》りがないことを確信する。

一応幼馴染なので、気まぐれで飽きっぽくても裏表はないことや、卑怯《ひきょう》な男ではないこともよく知っていた。

「――女王からの伝言というか、最後通牒《さいごつうちょう》」

蒼真は紲の居る段よりも一段上に移動し、ルイと紲の間に立つ。

何も聞きたくないルイとは裏腹に、紲は顔の筋肉を強張らせつつも身を乗りだしていた。

「！」

蒼真の唇に注目した次の瞬間、ルイは左手の竹林に目を向ける。

ほぼ同時に蒼真も同じ行動をし、紲だけがわけもわからず戸惑っていた。

蒼真は「チッ」と舌打ちするだけで何も言わなかったが、ルイにはわかる。

この場にもう一人、貴族悪魔が近づいていた。それも凄まじい速さで迫ってくる。

一人というよりは一頭――今度こそ間違いなく、虎族の獣人系貴族悪魔、汪煌夜だった。

「ルイッ、紲を！」

蒼真に言われるまでもなく紲の元に移動したルイは、驚愕《きょうがく》している紲の前に立つ。

竹林には蒼真が向かい、人型のまま柵を飛び越えた。着地前に空中で衣服を破裂《はれつ》させたかと思うと、向こう側に着地した時には変容を終えて四足になっている。その変容速度は尋常ではなく、目を瞠《みは》るばかりに鮮《あざ》やかだった。

「グウウ……ッ！」

黄金の被毛と褐色の斑紋を持つ二メートル級の雄豹が、竹林の中で身構える。

まだ虎の姿は見えなかったが、紲も気づいた様子で、「虎が……っ」と口にした。

「蒼真！」

紲の声が響くと同時に、竹を揺らす音が大きくなる。耳を澄ますまでもなかった。さざ波に近いざわめきが一気に迫ってくる。虎が竹林の中を駆け抜ける音だった。

程なくして闇の中に紫の瞳が光る。豹を上回る巨獣の体軀が、黒い影のように見えた。

ここまで猛然《もうぜん》と距離を詰めてきた虎は、豹を前にして脚を止める。空気が張り詰めるような殺気を漲《みなぎ》らせながら間合いを取り、「ガルルゥッ！」と、唸《うな》り声を上げた。

「……っ、白い……虎……」

ルイの背後で、紲が微かに呟《つぶや》く。

遊歩道の街灯や三日月の光が届く位置に来た虎は、黒いシルエットではなくなっていた。白銀《はくぎん》と見紛う純白《じゅんぱく》の被毛に、漆黒の模様の美しい虎——それが黄金の豹と睨み合いながら、天に向かって真っ直ぐに伸びた竹の間を歩きだす。お互いに絶えず動きながらも距離は一向に縮まらず、平行移動をして牽制し合っている状態だった。動物的殺気を意図的にぶつけ、腹の内を探っている。

『蒼真、人の管理区域で何してやがる』

『お仕事だよ。女王の勅命で説得に来てるんでね、不法侵入ってわけじゃないんだ』

『——勅命？』

ルイの耳に、二頭の獣が「グウゥッ」「ガルルッ」と呻き合う声が届く。

しかし頭に直接届く声は、目や耳で捉える様相よりも冷静な印象のものだった。

声が聞こえなければ今にも飛びかかって咬みつきそうだが、実際には人間的な理性を持ち、感情に左右されていないことがわかる。

『お前っ、俺を騙《だま》したのか？』

『ごめん、ちょっと騙した。けどしょうがないだろ？　お前は友達だけど、ルイは幼馴染だし、紲は身内みたいなもんなんだ。この面子で戦うとか俺は嫌だよ。お前は強いしさ』

『ふざけるな！　俺は吸血鬼が大嫌いなんだっ！』

蒼真の言いように虎は激昂《げっこう》して吼《ほ》えたが、蒼真は警戒態勢《けいかいたいせい》を取りながらも尻尾を宙に上げて緩《ゆる》やかに曲げた。先端だけを少し丸め、「クウーッ」と甘えた声を出す。

『お前が嫌いなのは新貴族の吸血鬼だろ？　ルイは違うし、俺個人のことは嫌ってるかもしれないけど、獣人そのものを馬鹿にしたり差別したりはしないぜ。本心ではね』

『そうだとしても俺は女王の命令通りに動く！　怪我をしたくなければそこを退け！』

『そんなにカッカするなよ……戦いたいなら今度また付き合ってやるからさ。どのみちルイを喰う気で襲うわけにはいかないんだし、本気でやれないなら相手が誰でも同じだろ？』

『同じなわけがないだろうっ！』

『同じってことにしておこうぜ』

豹は尾を丸めた状態のまま、ぺろりと悪戯《いたずら》に舌を出す。こういった調子のよさに散々不快な思いをさせられてきたルイには、苛立《いらだ》つ虎の心理状態が我が事のように理解できた。

しかし蒼真がこの調子だからこそ丸く納まることもあり、適当に煽《おだ》てられて結果的に甘えることになるのは、相手側なのかもしれない……と、今は客観的に見ることができる。

二頭が本気で戦えば、希少《きしょう》な豹族と虎族が無駄な血を流し合うのは目に見えていた。そして煌夜が如何《いか》に強かろうと、獣人である限りルイには敵わないことくらい、煌夜自身もわかっているはずなのだ——。

『煌夜、俺が女王から受けた勅命は、無血降伏《むけつこうふく》を促すことだ』

『無血降伏……』

「……っ！」

豹の蒼真が語る言葉に、煌夜はもちろんルイも紲も反応する。女王からの最後通牒の内容をまだ聞いていないため、知りたくない思いと、気になる思いが胸の内で鬩《せめ》ぎ合った。

『説得のために明日の正午まで時間をくれ。管理区域内で勝手なことをされて腹立たしいのはわかるけど、女王の望みは紲の死でもルイの強制送還《きょうせいそうかん》でもない』

脳に直接届く蒼真の声と、豹が発する声が空気を変える。

女王が何を言いだしたのか、誰もが気になっているのが伝わってきた。

しかし煌夜は何も言わず、虎の姿のまま低く長く唸っている。まったく納得していないかのように攻撃的に見えたが、徐々に殺気を薄めていった。

『——明日の正午までだ。それまでに必ず、俺の管理区域から出て行け』

虎はそう言うなり白い尾を振り、地面を荒々《あらあら》しく叩《たた》く。柵越しにルイを睨み据え、それ以上何も言わずに踵《きびす》を返した。

巨大な虎の姿が闇に溶け込んで黒く塗り潰されるまで、ルイは沈黙する。紲もまた、ルイの背後で呼吸すらも殺していた。

『……あーあ……服がビリビリ……携帯壊れてないといいけど』

蒼真は裸で人型に戻るわけにもいかず、フンフンと鼻を鳴らして携帯や財布を探し始める。それらを見つけて確保してから、異様な形に裂けたジーンズの残骸《ざんがい》を掻き集めた。前脚で黙々と穴《あな》を掘《ほ》り、そこに破れた衣服を埋める。

――女王は……いったい何を言いだしたんだ？

ルイも紲も蒼真の行動を見守りながら最後通牒が語られるのを待っていたが、彼はあくまでもマイペースだった。二人の視線を気にせずに隠蔽工作《いんぺいこうさく》を続ける。

「無血降伏とはどういうことだ？」

「――ルイ……その前に礼を……」

紲に浴衣の袖《そで》を引っ張られたルイは、確かに紲の言う通りだと思いながらも機を逸《いっ》し、豹が振り向くのを待った。

柵の向こうに居た豹は遊歩道に近づいてきて、後肢で立って前肢を柵にかける。紲にも視線を送ったが、主にルイの顔を見て軽い溜め息をついた。

『まず流れを話すと、俺はホーネット城に呼びだされて紲を殺すよう命じられたんだ。今から二ヶ月くらい前だったかな。俺なら紲を油断させてどうにかできるだろうって話だった。結局あの人は人間心理をわかってないからさ、俺は言ったわけ。紲を殺したらルイは自害するから、貴女《あなた》は大事な物を失いますよって』

蒼真の言葉に、紲は吸い寄せられるように歩きだす。柵にかけられた前脚に触れられるほど近くまで行き、「それで？」と話の続きを求めた。

花火柄の浴衣を着た紲の後ろ姿を見つめながら、ルイは紲の心中を察する。

今よりも何か少しでもよくなるなら藁《わら》にも縋《すが》りたい――そんな想いを抱いているのが感じられた。救いを求めてやまないのは、現状に不満があるからだ。

半年間、慣れない異国の地を転々として逃げ、祖国に戻ることもできなかった紲にとって、無血降伏という言葉が魅力的《みりょくてき》に聞こえるのは理解できる。ずっとつらかったのだから、改善を夢見て期待するのは当然だった。

ルイはその気持ちをよくわかっていながらも、胸を搔き乱される。

『女王はルイに死なれちゃ困るわけだし、そこを擽《くすぐ》ってなんとか説得して出してもらったのが、これから話す条件――ルイはすぐにイタリアに戻り、ホーネット城で暮らすこと。幽閉《ゆうへい》された状態で後継者《こうけいしゃ》を作って、自分と同じ姿に育てる』

それほど勿体《もったい》つけることもなく語られた言葉に、紲の背中がぴくりと震えた。

しなやかだった体が、ブリキ人形のように硬くなる。所在なく動いた指先までもぎこちなく、表情を見なくても狼狽《うろた》えているのがわかった。

『跡取り息子が覚醒《かくせい》してスーラ一族の当主になり、外見も完璧に同じに育ったら、お前はその子と引き換えに女王の下《もと》を離れ、紲と余生を送る自由を与えられる。期間は今から二十年だ。紲に関しては、俺が番として預かることで合意した』

「ルイに、息子を作って……献上《けんじょう》しろと……」

『そういうことになるな』

「――ッ」

紲の反応ばかり気にしていたルイは、微かに呻いて息を詰める。脳裏には、スーラ一族歴代当主の苦悩が浮かび上がっていた。

女王の息子達を除き、貴族悪魔は生まれながらに貴族というわけではない。使役悪魔同様に混血悪魔として生まれた子供の中から一人だけが選ばれ、父親である貴族悪魔から血と魔力を毎日与えられることで貴族に育つ。

生まれた時点では人間の母親に似ているが、いずれは姿も声も完全に父親と同じになるのだ。だからこそ女王は、ルイを生きたまま捕らえることにこだわっている。ルイが跡取り息子にすべてを継承《けいしょう》させずに死んだ場合、女王はかつて愛した男の忘れ形見を失うことになるからだ。

自分を生け捕りにして跡取りを作らせる気でいることくらい、ルイは元々わかっていた。

女王が求めているのは、意のままになる『スーラ』であって、反逆した自分のような存在は要らないのだ。複製の如《ごと》き跡取りを育てて献上した後、本当に自由な余生を送らせてもらえるかどうかは疑わしいが、女王の狙《ねら》いが次代当主であることは疾うに読めていた。

——くだらん……見た目が同じでも心がなくては意味がないだろうに……何故あの女はいつまで経ってもそれがわからないのだ？　あの女の狂気的執着《きょうきてきしゅうちゃく》のせいで、私も父も祖父も辛酸《しんさん》を嘗《な》めてきた。このうえ息子を作って苦痛を繋ぐわけにはいかない。

女王が用意した人間の女に胤《たね》を仕込み、生まれた子供を女王の傍で育てていくとしたら……おそらくその子供は、歴代当主の中でもっとも女王に忠実になる。意思や個性を必要とせず、動いて喋る人形のように扱《あつか》いたい女王にとって、理想的な『スーラ』が出来上がるのだ。

「跡取りを……作ったら、先代の寿命は短くなるんだろ……っ」

固まっていた状態から動きだした紲は、豹の蒼真に詰め寄る。

蒼真は視線を一旦《いったん》ルイに向けてから、再び紲と顔を見合せた。

『ああ、魔力を継承させると寿命が縮まるから、普通は千年以上生きてから跡取りを作るものなんだ。けど寿命に関してはいまさらこだわる必要ないだろ？　ルイが今から跡取りを作った場合、寿命が減って紲と同じくらいの長さになる』

「俺と……同じくらい……あと百年ちょっと……」

『今すぐ跡取りを作ったりしなければ、九百年以上は生きられるのにな……俺と同じで……』

蒼真は遣る瀬無《やせな》い言いかたをしたが、それでも紲には甘く聞こえるようだった。誘惑《ゆうわく》されて心揺さぶられているのがわかる。

もちろん、ルイにとっても惹かれる部分はあった。

これまでは紲を殺す気でいた女王が、紲を蒼真に預ける形で譲歩するなら、紲はもう逃げも隠れもせずに済む。香水を作りながら、日本で平穏に暮らせるということだ。

ルイにしてみれば紲を人質に取られる形ではあるが、後継者を作って血と力を与えて一族を継承させ、その子が今の自分と同じ姿になるまで——二十年だけ女王に奉仕して耐え抜けば、残りの百年を紲と共に生きていける。女王が約束を果たすという前提で前向きに考えた場合、今度こそ紲を真の意味で幸せにできるのかもしれない。

『二人して早く死なれるのは堪らないけど、紲の寿命が来てもルイが生きてるとは思えないし、そもそもこのまま追われながら寿命を全《まっと》うできるわけがない。不本意でも二十年離れて、それからの生活を取ったほうが賢明《けんめい》だろ？』

「それは……っ……けど、二十年なんて……」

具体的に想像したのか、紲は力なく呟いた。またしても肩が震えている。

『貴族にとっては二十年なんてすぐだ……時間の感覚が違うからな。紲には長いだろうけど、俺と一緒に軽井沢に帰ってルイが戻るのを待とう。現状、それが最善《さいぜん》だと思う』

豹と視線を合わせながら、紲の心は大きく揺れていた。

まるで波打ち際を漂う小舟のように、ゆらゆらと彷徨《さまよ》って行ったり来たりしているのが手に取るようにわかる。斜め後ろから見える顔は青ざめ、うなじには冷や汗が伝っていた。

「明朝まで時間をくれ――すぐに答えを出せる話じゃない」

ルイは困惑している紲の手を取り、蒼真に向かって言い放つ。

後肢で立っていた蒼真は、『わかった』と答えるなり柵から前肢を離した。

四足で竹林の中を歩きだし、そうかと思うと振り返って……紲を見ながら、何か言いたげな顔をする。

「……蒼真?」

ルイだけではなく紲も、蒼真が何か言おうとしていることに気づいていた。

しかし頭の中に声は響かない。牙が覗いている口は今にも動きだしそうだったが、豹はただ息をつくだけだった。

## 3

去り際の蒼真に声をかけ、宿泊している旅館に誘った紺だったが、蒼真は眷属を連れてきているから大丈夫だと言って姿を消した。

結局まともに礼を言うこともできずに、紺はルイと一緒に宿に戻ってきた。道中それなりに距離があったが会話はなく、今もただ、部屋から続く岩風呂を眺《なが》めているだけだ。

硝子の向こうにはルイが居て、独りで湯に浸かっている。表情は冴《さ》えないものだった。

紺が勧めたので入浴しただけで、気持ちよさそうではない。ゆったりと寛《くつろ》いでもいない。湯に浸かりながら何を考えているのか知りたくて、紺は脱衣室の鏡《かがみ》の前で帯を解《ほど》いた。心はまだ決まっていないけれど、お互いに思っていることを口に出して話し合いたいと思う。

――二十年も離れて暮らして……ルイは女王の傍でつらい日々を送る。他の貴族を巻き込むことはなくなるけど……その代わり、ルイは子供を作らなきゃいけない。そしてその子を生贄《いけにえ》みたいに献上する。そうやって手に入れる……百年の自由……。

浴衣を肩から滑らせた紺は、硝子戸を開けて部屋から直結する露天風呂に向かった。

もくもくと膨《ふく》らむ湯気が霧《きり》のように分散して、屋根の下まで曇らせている。

少し冷たい岩の上を歩いた紲は、檜《ひのき》の桶《おけ》で湯を掬った。足から少しずつかけていき、全身を洗い流して湯に爪先《つまさき》を沈《しず》める。体が冷えているわけでもないのに、やけに熱く感じた。

吸血鬼は寒冷地のほうが過ごしやすい生き物だが、陽射しさえ受けなければ高い適応能力を発揮《はっき》できる。ルイは胸の辺りまで浸かりながらも平然としており、唇を引き結んでいた。

「そんなふうに独りで考え込まないで、ちゃんと話して欲しい……」

ルイの視線が向かってこなかったため、紲は不安を覚える。

自分も人のことは言えないが、ルイはこうして考えていることを表に出さずに内に籠もり、相談なく決断してしまうことが間々《まま》あった。

「私としては結論が出ているが、お前の意見を聞くのが恐ろしかっただけだ。もう少し時間が欲しくて黙っていた」

「……っ、ごめん……勝手に風呂まで追ってきたりして」

「いや、もういい。紲、ここへ……」

湯の中から出てきた手に導かれ、紲はルイの傍に行く。

家族風呂として作られた岩風呂は小さく、少し動いただけで触れ合うことができた。

横並びになると、屋根と囲いの間に三日月が見える。嵐山の黒い稜線《りょうせん》も見えた。

夜空から目を逸らしてルイの横顔を見つめた紲は、彼が自然に振り向くのを待つ。蒼真から与えられた時間はまだ残っているのだから、これ以上急《せ》かしてはならないと思った。

「私達は女王が最初に提示した条件を蹴って、ホーネット教会から離反した。その条件よりも今回のほうがましなのかもしれないが、私は一日ですらお前と離れたくない。それに、人間の女に子種を植えつけることもしたくないのだ。もちろん子供に忌々《いまいま》しい宿命を継承させる気もない。あれは私の代で終わらせなくては……」

ルイは顔を横向けることはせずに、実に淡々と語る。

紲が思っていたよりも遥《はる》かに冷静だった。揺るぎない信念を持っているのがわかる。

しかし話はそれだけでは終わらず、ルイは湯の中で上体を捻《ひね》った。岩風呂の縁に身を寄せていた紲の体に触れ、甚《いた》く真剣な目をする。

「ルイ……?」

人間になっている彼は、紺碧の瞳に紲を映した。ラピスラズリのように金の虹彩《こうさい》を含んだ、美しい瞳だ。揺るぎない信念を感じさせた口調とは裏腹に、迷いに揺れているように見える。

「結論は出ているのに、それでも私は迷ってしまう。二十年間……女王に従い、子を作って、後継者を育てたほうがよいのではないかと考えずにはいられない。それによりお前が穏やかで幸せな日々を送れるなら……私は……っ」

「ルイ……ッ」

口にすることで固まっていくルイの決意を前に、紲は無心に首を横に振った。

迷っているのは自分も同じで、蒼真から話を聞いた時は確かに心を揺さぶられた。

目先の二十年よりも、その先の百年を見つめて……ほんの少し夢を見たのは事実だ。けれどこうしてルイの言葉を耳にすると、自分の中から本当の答えが湧き上がってくる。

女王の愛人として扱われることで、ルイがつらい目に遭うのは嫌で、彼が女を抱くのも子を作るのも嫌だった。その子供を苦しめてはいけないとも思う。しかしそれはすべて二の次で、紲の中にもっとも強く湧く想いは別にある。

「お前が蒼真と一緒に居るところを見るのは不愉快《ふゆかい》だが、気持ちを落ち着ければ違った見方もできるようになる。お前は私と離れていても、蒼真と居れば幸福に過ごせる。私はそう信じて、その事実に心を乱すことなく、むしろ肯定的《こうていてき》に受け止めるべきなのかもしれない。それができれば、しばらくの間お前を蒼真に預けられるはずだ」

「……っ、違う……そんなのは……お前の勘違《かんちが》いだ。このままのほうがずっといい」

「紲……」

離れていたくない、絶対に、絶対に一緒に居たい──どうしようもないほど強く心が訴《うった》えてくるのは、たったひとつの願望だった。死んでもいいと思った時のまま、自分は何も変わっていない。不確かな未来の百年を、怜悧《れいり》に選び取ることなどできなかった。

「あんな条件を呑むくらいなら死んだほうがましだ。俺はもう……これから何があっても泣き言なんか絶対言わないから、だから……このまま俺と……っ」

想いを言葉にして放った瞬間、紲は唇を塞がれる。

湯の中に沈められた気がするくらい、息苦しいキスだった。貪《むさぼ》られて唇を潰《つぶ》され、息をする自由を奪われる。舌もろくに動かせず、思考も停止してしまう。でもそれでよかった。答えはもう出ているから、これ以上何も考えられなくても構わない。

「んっ、う……ぅ」

「――ッ、ン……」

熱めの湯とは無関係に体温が上昇し、ただでさえ微熱気味な体が火照《ほて》った。

こうして触れ合うことが特別なことではなくなっても、愛し合う度に燃え上がる。

飽くことなくルイを求めるのが、心以上に淫魔としての本能からくるものだとしても、そこには確かに愛もある。今はもう恥ずかしいとは思わなかった。愛されることも、愛せることも大切に思う。心だけではなく体まで全部、ルイと繋がっていたい――。

「ん、ん……ふ……っ」

唇も舌も蕩《とろ》けそうなキスをして、お互いの背中に指を立てた。

皮膚を傷つける寸前まで爪を食い込ませ、わずかな痛みを与え合う。

「う、く……んぅ、う……！」

「――ン……ッ」

ルイの舌の動きに翻弄《ほんろう》されながら、紲は無我夢中でキスを求めた。理性など頭の奥から崩れ去り、ルイを欲する気持ちと、疼く体に支配される。

——最期の瞬間まで、ルイと一緒に居たい。どんなに愚《おろ》かでも、二度と離れないって決めた。

俺だけじゃなく二人で……そう決めたんだ……。

ルイも自分も、必ず同じ答えに行き着く。どんなに甘い誘いをかけられても乗ることはない。

離れ離れになるという条件がある限り、決して受け入れることはできないのだ。


濡れ髪も乾《かわ》かぬうちに布団に入り、紲はルイの浴衣に触れる。

仰向けに寝ている彼の胸に指を這わせ、襟の合わせに唇を寄せた。

外気温と同じ温度になった肌を、チュッ……と音を立てながら吸っていく。

真珠粉《しんじゅこ》を塗《まぶ》したような類稀《たぐいまれ》なる雪肌は眩《まばゆ》く、和室の仄闇《ほのやみ》に浮かび上がっていた。

紲は宝物を包んだ風呂敷を開くが如く、帯を解いてルイの浴衣を広げる。隆々《りゅうりゅう》とした胸や、割れた腹筋を見下ろしながら指を滑らせた。

女王が執着するのも当然と言えば当然の、美しい肉体——その上には、この世の物とは思えないほど整った顔がある。体から匂い立つのは極上の薔薇の香り。唇から零れるのは艶《つや》やかな低音の美声——誰にも触れさせたくない、愛しい男のすべてがここにある。

「……ルイ……ッ」

悠長《ゆうちょう》な愛撫などしていられなくなった紲は、ルイの下着に手をかける。

脱がせながら脚の間に身を挟み、下着の中で昂っていた物に触れた。

十指を残らず使って、上へ下へと丁寧《ていねい》に撫で摩る。威容《いよう》を誇る屹立は目を瞠るばかりに勃ち上がり、張り詰めた筋が軋み音を立てそうだった。

「ん……っ、あ、む……ぅ」

紲が屹立の下に下がる双袋に吸いつくと、枕のほうから「……ッ」と掠れた声がする。

ルイが感じていると思うと余計に力が入り、紲は手指を動かしながら双珠の一つをかぷりと食《は》んだ。尖らせた舌を中央の縫《ぬ》い目に這わせ、愛しい精のタンクを口内で転がす。

「んう……く、ふ……っ」

「――っ、日本に来てから、淫魔としても腹を空かせているようだな」

官能的に響くルイの声に、紲は視線だけを上げる。

そう言われてみると確かに、どれだけ精液を摂っても足りない気がしていた。

飢餓《きが》感《かん》が止まらず、岩風呂で注がれた分などなかったかのように感じられる。

体の中から得体の知れない欲望が湧き上がってきて、ルイの双珠の中にある物を求めていた。

喉や後孔を、濃厚な精で満たしたくて堪らない――。

「は……ん……っ、い……嫌か？」

紲は口に含んでいた物を出し、双珠の重みで張り詰める皮膚を舐めながら問いかけた。

そこから徐々に屹立へと移動し、入り組んだ筋に沿って舌を這わせていく。

さらに上には堂々たる肉笠があり、亀頭部から零れた蜜が笠の裏側に回っていた。

早くそこまで舌を上らせ、きらめく蜜を思い切り吸って味わいたくなる。朝摘みの薔薇から作った精油よりも、遥かに魅惑的《みわくてき》な滴《しずく》だ――。

「嫌なわけがないだろう……だが、触れたいのは私も同じだということを忘れないでくれ」

「――っ、あ!」

上体を起こしたルイと視線を合わせるなり、紲は腕を摑まれる。

舐めていた物が遠く離れてしまったが、導きに従うと再び顔を近づけることができた。

頭の向きを変えられた紲は、ルイの体を逆方向に跨《また》ぐ形で四つん這いにさせられる。浴衣の帯は締めたまま、裾だけをゆっくりと捲《めく》られた。

「ルイ……それは……っ」

「触りたいのも見たいのも同じだ。よく見えるよう腰を上げていろ」

「……けど、この体勢は……ちょっと……」

紲は尻を突きだした格好のまま、内腿を押さえられて腰の位置を固定される。

下着に指をかけられると、そこから先は早かった。桃《もも》の皮を剝くようにぺろりと脱がされ、露わになったカーブを撫でられる。

「あ……っ、ルイ……嫌だ……っ」

いまさら恥ずかしがっても遅かった。両手で双丘を揉まれ、捏《こ》ね回される。

左右の肉を鷲掴《わしづか》みにされた挙《あ》げ句《く》、窄《すぼ》まっていた後孔を拡げられた。秘めた所を覗くように開かれると、忽ち蜜が零れてしまう。

「嫌だなどと嘘をつくな。まだ触れてもいないのに、こんなにいやらしく濡れている」

「や、あ……っ、ぁ……見る、な……っ」

「自分でもわかるだろう？　内腿を伝って膝まで垂れていくぞ。お前のここは、本当に素直で可愛い……」

「――っ、あぁ！」

あられもない姿であわいにキスをされ、紲は前のめりに逃げようとする。ところが透《す》かさず腰を引き寄せられ、その勢いで秘洞に舌を挿入《そうにゅう》された。ルイの唇が、ひくつく蕾《つぼみ》を覆うように密着する。そして舌は、濡れた内部をヌチュヌチュと混ぜ始めた。

「はふ、あ……っ、あ、あ……！」

「……ン、ッ……！」

反り返った背中がぶるぶると震え、布団に手をついていることもできなくなる。がくんっと崩れるように上体を落とした紲の視界に、昂ぶるルイの雄が飛び込んできた。見た途端に吸い寄せられ、唇を開かずにはいられなくなる――。

「は……ん、う……く……っ」

「――ンッ……ゥ……」

ルイの先端から溢れる蜜を舐めた瞬間、羞恥心など泡のように消えていった。

欲望が再び迫り上がってきて、無意識に口に含みやすい体勢を取る。結果的にルイの口元に腰を押しつける形になっても、口淫をやめられなかった。

「……ん、む……っ、う、う……」

舌が悦ぶ蜜の味……立ち上る薔薇の香りを堪能《たんのう》しながら、紲は顔を上下に動かす。きつめに窄めた唇で、張りだした肉笠を何度も何度も刺激した。喉奥まで迎え入れてはジュポッと音を立ててぎりぎりの所まで抜き、鈴口を拡げんばかりに舌先を突き入れる。

「ふ……は、ふ……う……っ」

「……ッ、ン……ンッ……！」

紲の媚肉は、ルイの冷たい舌に反応していた。

淫魔特有の蜜を滴らせながら、彼の舌を閉じ込めて締めつける。

そうする度にルイの雄も反応し、血管が極太の針金《はりがね》のように硬化した。

「は……む、ぅ……あ、あ……ル、イ……ッ、もう……っ」

「――ッ、ゥ……」

「ルイ、顔……離して、尾が……っ、あ……あぁ……っ！」

紲の言葉を受けてルイが顔を引くや否や、紲は淫魔に変容する。

精液を吸収するための体から、黒い尾が勢いよく飛びだした。和室の天井目掛けて伸びて、

弧《こ》を描《えが》いて空《くう》を切る。尾の行き先はルイではなく、自分の体のほうだった。頭がどうにかなりそうなほど快楽が欲しくて、紲は自分の雄に自らの尾を巻きつける。

「は……あ、あ……っ、ルイ……ッ、早く……っ!」

「堪え性がないな、私はもう少しここを可愛がっていたかったのに……」

「んっ……お前だって……こんなに、してる、くせに……余裕ぶるな……っ」

ルイの指で後孔を弄《まさぐ》られながらも、紲は彼の足先に向かって四つん這いで進む。

これまで触れられていなかった自分の雄を尾で締めつけ、ルイに支えられるまでもなく腰を高く持ち上げた。もう一刻の猶予《ゆうよ》もない……淫魔に変容したことで一層多くの蜜を溢れさせる後孔が、ひくんひくんっと収縮を繰り返す。

「ルイ……ッ、焦《じ》らす……な……ぁ、あ……っ」

布団に膝を立てたルイは、紲の蜜を分身に纏いながらも挿入はしてこない。

わざと時間をかけて準備をされている気がして、紲は堪らずに腰を揺らした。

頭の中にはルイの精液を身に受けることしかなくなり、欲しい気持ちに任せて両手を後ろに伸ばす。左右同じ形の肉を自分の手でしっかりと摑んでから、それを思い切り分けた。秘洞の中まで見せて、ルイの雄を誘う。

「……紲、いったいどうした？　今夜は随分と仂《はした》なくて、そそられるな」

「あ、あう……っ、ルイ……た、頼む、から……っ、早く……!」

紬は背中に覆い被さるルイに向かって、何度もしつこく腰を寄せた。けれど直接当たるのは屹立の裏側ばかりで、挿入には至らない。捲った媚肉で血管や脈動まで感じるものの、角度を合わせてもらえないことがじれったかった。

「んぅ、う……っ！」

すぐに欲しくて我慢ならず、紬は尾を解こうとする。自分の屹立を扱《しご》いている場合ではなくなり、ルイの雄に巻きつけて体内に引きずり込みたかった。

そうすれば彼が角度を合わせてくれなくても、強引に挿入させることができる。奥の奥まで迎え入れて、タンクが空っぽになるくらい精を搾《しぼ》りたい――。

「紬、そのままで……」

「んあ、ああ……っ！」

解く直前、ルイの手で尾の根元を摑まれた。生え際を指でぐりぐりと刺激された紬は、ようやく望みを叶えられる。そそり立つ彼の欲望が熟《う》れた粘膜に当たり、自ら拡張した孔に入ってきた。天にも昇《のぼ》るような悦びが、ルイの動きと連動して膨れ上がる。

「ひう、ぅ――ああ……っ！」

「……ッ、ゥ……！」

蜜濡れた所に雁首《かりくび》が埋まり、二つの体が完全に繋がる。

ジュプッ……と押しだされた蜜が、太腿の内側を駆けていった。

愛液で肌を撫でられる感触に震え、紲は突《つ》っ伏《ぷ》して布団を引っ摑む。

尻肉を自分で開く必要は最早なくなり、著大《ちょだい》な肉の楔《くさび》で奥まで拡げられた。

ミチミチ、ギチギチと摩擦《まさつ》を感じさせる音を立てていた体は、ルイが腰を引き始めた途端に粘質な悲鳴を上げる。ジュププッ……と、卑猥極まりない音だった。水っぽく……それでいてねっとりと絡む結合音が、紲の情炎《じょうえん》に油を注ぐ。

「はあ、あ、あ……っ、あ――っ！」

「――ッ、ハ……！」

ルイに腰を摑まれた紲は、深々と貫かれながらも腰を揺らす。

それは紲の意思だったが、勝手に蠢《うごめ》く媚肉も絶えずルイを求めていた。

迎え入れた雄を扱かんばかりに蠕動《ぜんどう》して、その形をなぞるようにぎゅうっと狭まる。

「……ッ、ク……！」

紲はルイが声を漏らすほどきつく締め、そして優しく包み込んだ。

性技に長けた淫魔の体から、蜜林檎とホワイトフローラルの香りが立ち上る。

自分でも酔いそうなほどの香気だった。今この和室にはルイの完全結界が張られているが、それがなければ旅館中の人間が淫欲に狂い、忘我《ぼうが》の果てに襲いかかってくるだろう――。

「く……あ、あ……ふ、あ……っ！」

「――ッ、ン……！」

脇腹《わきばら》から下腹に手を回されて掬われると、膝が浮いて布団から離れる。

腰を揺らすことはできなくなったが、情交に夢中になっているルイの手でガツガツと激しく掘り込まれた。ルイにとっては軽い体を振り子さながらに揺らされて奥まで突かれ、内壁を逆撫でするように引かれていく。繋がりが途切れそうになる瞬間の、胸が軋《きし》む切なさすら愛しい。すぐに戻ってくると信じていられるからこそ、淋しさにも耐えられる。

「ふああっ、あ……ルイ……ッ！」

腰を叩きつけられているのか、それとも力いっぱい引かれているのか、どちらかわからないほどの勢いで繰り返し貫かれる。挿《さ》されれば挿《さ》されるほど蜜が溢れて、ルイの腹部に向かって飛び散っているのがわかった。結合音はますます水気を増し、滑らかになる抽挿が二人の体を絶頂へと導いていく。

「んっ、あ、あ……っ、ひあ……っ！」

紲は自らの雄に絡みつけた尾の先端を、鈴口の中に挿入した。

末端神経《まったんしんけい》を針で突かれるような痛みを感じたが、それはすぐに快感に変わる。

呼吸を乱して喘ぎながら、最奥を突かれる度に嬌声《きょうせい》を上げた。溢れる唾液を気にすることもなく、紲はルイの精を受けることだけを一心に望む。

「……ルイッ、来て……くれっ、奥に……！」

「紲……っ、愛している……お前を、食べてしまいたい……っ」

体の奥が、間もなく満たされようとしている——その予感に胸を躍らせ、紲は艶めく笑みを浮かべた。荒々しく抱かれながら、愛される悦びに満たされる。

「……イッ、ク……あああ、あっ、あ——っ!!」

その瞬間、精管の中に挿していた尾を抜く。

駆け上がる絶頂と共に、劣情が勢いよく噴きだした。

「紲……っ……ゥ……ッ!!」

狂おしいほど愛している。ルイが自分を食べたいと望むように、自分は彼に食べられたいと望んでしまう。愛する男の血肉になれたら……香りになれたら……そんな夢を見てしまう。

——ルイ……ルイ、お前を誰にも渡さない……お前は、俺だけの……。

紲が放つホワイトフローラルの香りが、高雅《こうが》な薔薇の香りに呑まれていった。

真紅《しんく》に染まった純白の花は、決して白には戻れない。ルイの愛を受け入れて二度と離れられなくなった紲の運命を、花の香りが物語っていた。

# 4

夜の黙《しじま》を縫《ぬ》うように、夏の虫が鳴いている。

いっそのこと鳴き通しなら気に留めないが、静かになったかと思うと急に鳴きだすので困りものだった。それもかなりの大音量だ。時には蛙《かえる》の声も混じる。

すやすやと気持ちよさそうに眠っている紲《せつ》を起こしたくなくて、ルイは寝返り一つ打たずに夏の夜《よ》のひと時を過ごしていた。

浴衣《ゆかた》姿で横になったまま、紲の寝顔を見つめ続ける。

二組の布団《ふとん》は隙間《すきま》なく並べて敷かれていたが、情交を終えた後は別々の布団に入った。

蒼真《そうま》の血の影響《えいきょう》で豹《ひょう》の生態に近づいているのか、近頃の紲は多くの睡眠を必要としている。

そのためルイは、紲が熟睡《じゅくすい》できるよう、適度に離れて眠ることを心掛けていた。ほんの少し手を伸ばせば触れられる距離は、愛情が生みだす距離だ。常に強引に迫られていないと不安になりがちだった紲も、今はそれを理解してくれている——。

「……っ、ん……」

紲は小さく呻《うめ》き、聞き取れない寝言を口にした。

なんとなく自分の名前が入っていたような気がして、ルイは顔を綻《ほころ》ばせる。

すでに日付は変わっており、あと数時間で夜が明ける。朝になれば蒼真がやって来るだろう。投降《とうこう》はしないと告げて日本を発ち、再び中国やロシアを中心に逃げ回る慌しい日々が始まる。

それがどれほどつらいか、紲は嫌というほど思い知ったはずなのに……苦痛を承知で自分と一緒に居ることを選んでくれた。

人間は連続する痛みにある程度慣れることができるが、安らぎや幸福を感じれば次に訪れる痛みを恐れるものだ。その意味で、紲の現在の選択《せんたく》は情熱と勇気に満ちている。

しかしその一方で、今の精神状態が今後も続くとは限らない現実があった。日本を出て逃亡《とうぼう》生活が始まり血を見ることがあれば、紲はまた情緒不安定《じょうちょふあんてい》な状態に陥《おちい》るかもしれない。

それでも自分は決して崩《くず》れず、揺るぎない愛で紲を支え、包み込む——ルイは愛しい恋人の寝姿を見ながら、改めて胸に誓《ちか》った。

他の誰でもなく、自分を選んでくれた紲の気持ちは真実だ。

こうして祖国に戻り、安息の中で紲が出した結論を、これから先も忘れずにいたい。

紲に愛されていることを、何よりの幸せだと思う気持ちを——。

「！」

紲の髪に触れようとしたルイは、その直前に手を止める。

西の方角から迫《せま》りくる貴族悪魔《きぞくあくま》の気配を感じられた。

いくらルイでも最初から種族や個人を特定できるわけではなく、何者かはわからない。

貴族としては平均的な速度で移動しており、迷っている様子はなく真っ直ぐに向かってきていた。こちらは完全結界を張っているので、魔力で特定されたというよりは、事前に所在地を知られていると考えるべき状況だ。そうなると思いつくのは、蒼真か煌夜《こうや》だった。

――獣人……豹か、虎か……どちらだ？

ルイは布団から身を起こし、神経を研ぎ澄ます。程なくして豹だということがわかり、蒼真だと特定できた。移動速度から考えても攻撃的な印象は受けず、殺気も感じなかった。

『――ルイ……』

蒼真の声が脳に直接届いたが、ルイには返事のしようがない。

獣人系の貴族悪魔のように思念で会話することはできないうえ、声を出して紲を起こしたくなかった。蒼真の声が聞こえても、紲は反応せずに寝入っている。

『ルイ、聞こえてるよな？　お前だけに話しかけてる』

問われても答えられなかったルイは、続き間に向かって足を進めた。

音を立てないよう気をつけながら襖を開け、広廂《ひろびさし》のついた小さめの和室に移る。

完全結界《かんぜんけっかい》から出ることになったが、特に状況は変わらなかった。

川に向かって突きだした広廂の障子《しょうじ》を開けてみるものの、夜景が見えるばかりで蒼真の姿は一向に見えない。まだ距離を感じるため当然だと思いながらも、ルイの視線はつい、闇《やみ》に光るいったい何を考えているのかわからなかったが、紲に気づかれずに行動したがっているのは間違いなかった。

蒼真は一方的に伝えた挙《あ》げ句《く》に、ルイが感知できないほど遠くに離れていく。

『二人だけで話したい。渡月橋《とげつきょう》で待ってる』

紫の瞳を探していた。

――紲に気づかれぬよう、私だけを呼びだす意図はなんだ？　何を考えている……。

蒼真が指定した場所が遠ければ、罠《わな》ではないかと警戒《けいかい》するところだが、渡月橋と言われると猜疑心《さいぎしん》も薄《うす》らぐ。嵐山《あらしやま》の麓《ふもと》を流れる保津川《ほづがわ》に架《か》けられた橋は、ここから程近い場所にあった。

もしもこの旅館に何者かが接近しても、すぐに駆けつけることができるだろう。

紲が眠っている和室には完全結界を張ってあるため、悪魔も人間も侵入できない。

貴族悪魔が本気で破《やぶ》ろうとしたとしても、簡単には突破できない強固《きょうこ》なものだった。

――紲の居ない所で、私を説得する気か……？

状況的に考えて蒼真に他意があるとは思えず、ルイは障子《しょうじ》を閉めて和箪笥《わだんす》の前に立つ。

観音《かんのん》開きの扉の向こうに、ハンガーにかけられた衣服が並んでいた。普段は自分の体臭《たいしゅう》など感じないが、こういう瞬間は薔薇《ばら》の移り香を感じられる。

蒼真の呼びだしに応じることに決めたルイは、服を手にしてしばし考え込んだ。二人きりで会ってどう説得されたとしても投降する気はなく、どのみち結論を告げなければならないのだ。

──誰にも渡すわけにはいかない……預けることもできない。日本で安全に暮らすことが、紲にとってよいことのように思えても……実際には違う。紲の望みは私と一緒に居ることだ。たとえ何があろうと、私達は離れてはいけない──。

ルイは帯を解いて、黙々《もくもく》と着替える。

絹《きぬ》の白いシャツに袖《そで》を通しながら、ふと……竹林《ちくりん》の遊歩道で見た光景を思いだした。

正確には、光景というよりも表情だ。転びかけた紲を抱き留めた蒼真の表情──程なくして煌夜が現われたので有耶無耶《うやむや》になっていたが、蒼真はあの時、確かに驚《おどろ》いていたのだ。普段は何事にもあまり動じない男が大きな反応をみせ、それを意図的《いとてき》に隠《かく》していた。

──どこかぎこちなく不自然で、らしくない態度……やはり眷属《けんぞく》を人質《ひとじち》に取られて、女王の意のままに動いているのか？　煌夜と組んで一芝居《ひとしばい》打ち、信用を買って油断させ……こうして私を誘《さそ》いだした隙《すき》に、紲を煌夜に襲《おそ》わせる……。

着替えながらそこまで考えたルイは、「違う」と、自分の中から自然発生する言葉を聞く。

蒼真という男を、信じようと思うまでもなく信じてしまっていた──。

夏向きの洋装で旅館を出たルイは、午前二時の三条通りを歩く。その気になれば屋根伝いに高速移動することもできるが、今は普通に歩いた。

時間的に人気は少なく、程なくして渡月橋に到着する。蒼真の姿はなかった。まだ視認はできないものの、嵐山のほうから迫ってくる気配は感じられる。

――私に声をかけてきた時点で……蒼真は豹だったはず……。

指定場所から考えると蒼真は人間に変容《へんよう》しているはずだったが、ルイにはその理由がわからなかった。いちいち着替えることを、面倒《めんどう》くさがりそうな男だからだ。

――魔力を温存《おんぞん》するためか……？

橋の上を歩きながら考えていると、徐々に予感めいたものが湧《わ》いてくる。

豹の姿で思念会話をすると魔力の消費が激しいため、今の蒼真は人間の姿で話したがっているのだ。つまり、それなりに長い話をする気なのだろう。そしていつ誰と戦うことになっても力が出せるよう、魔力の消費を抑《おさ》えておきたいという腹がある。

蒼真が戦う相手として想定しているのが、自分なのか煌夜なのか、それとも女王が送り込む新貴族なのかはわからないが、中立的な立場を取りながらも油断してはいないようだった。

「ルイ……ッ、ごめん、待たせた」

欄干《らんかん》部分が木製の橋の上を、蒼真が反対側から走ってくる。

中央付近で川を見下ろしながら待っていたルイは、蒼真の声を聞く前から彼と自分の距離に気づいていた。今はすぐ横まで来ていたが、顔も体も向けずに川の中州《なかす》の草地に視線を止めておく。一方的に人を呼びだしておいて、数分とはいえ待たせたことに対する抗議だった。

しかし、いつまでもそんなことをしていられないのはわかっている。

「急に呼びだして話とはなんだ？　さっさと終わらせろ」

横に立つ蒼真に声だけはかけるものの、ルイは頑《がん》として視線を送らない。

背中を向けている車道には車がなく、今この瞬間に橋の上に居るのは自分達だけだった。

そのうち車両が通ったり誰かが歩いてきたりするかもしれないと思うと、ますます早く話を終わらせたくなる。

この密会はルイにとって本意ではないのだから、当然だった。常に旅館のほうを意識して、いつも以上に紬の身の安全に気を配らねばならない。

「相変わらずだな。お前から言うことはないのか？　あれば先に聞くけど」

古い欄干に軽く手を触れたルイは、おもむろに横を向く。

三日月が浮かぶ景勝地《けいしょうち》を背景に、鮮《あざ》やかな金髪と紺碧《こんぺき》の瞳《ひとみ》を持つ蒼真の姿を見た。

「……っ、その服……」

当然のように豹柄の服を着ていると思っていたルイは、蒼真が着ているタンクトップを見て目を疑う。大部分は黒の無地だったが、中央に虎縞《とらじま》が入っていた。白地に黒の模様《もよう》はホワイトタイガーと同じ――要は煌夜と同じ模様だ。

「ああ、これ？　あれから眷属と合流しないで煌夜の屋敷に行ったから。狩りに出てちょっと遊んでから着替え借りたんだ。あ、別にアイツと結託《けったく》してお前を嵌《は》めようとか思ってないぜ」

蒼真はタンクトップの裾《すそ》を捲《まく》ると、レザーパンツのウエストに指を入れる。

よくよく見るとウエストが余っていた。腿《もも》にも少し余裕があるように見える。

「それなら何故《なぜ》あの男に会いに行った。怒らせた相手に服を借りる理由がわからない」

「大至急どうしても確認しておかなきゃいけないことがあったから。それに怒らせたままってわけにはいかないだろ？　アイツは何も悪くないんだし、少しは顔を立ててやらないと」

蒼真の答えを聞きながらも、ルイは釈然《しゃくぜん》としないまま虎縞模様を睨《にら》み据《す》える。

二人が友情以上の関係だというなら話は早いが――獣人《じゅうじん》は男色を好まないうえに貴族同士の恋愛は厳禁《げんきん》であるため、特別な関係ではないことはわかっている。それだけに、裏で繋《つな》がって罠を仕掛けているという疑いが再び芽生《めば》えてしまった。

しかしその場合は接触を隠すはずで、堂々と煌夜の服を着て現われるわけがない。だが逆に考えれば、これもまた油断させるための手なのかもしれない。疑いだしたらきりがなかった。

――罠……なのか？　貴族が近づいてくる気配はないが……。

ルイは蒼真と対峙しながらも、背後にある三条通りのほうに意識を向ける。

これだけ集中していれば相当な距離があっても感じ取れるはずだが、蒼真以外の貴族悪魔の気配はなかった。紲が目覚めて自主的に結界から出ることがないよう、書き置きもしてある。

心配しなくても、紲は安全な状態にあるのだ。少なくとも今のところは――。

「早く戻りたいので手短に言うが、私は投降する気はない」

「そんなこと言うってことは、やっぱり気づいてないんだな」

蒼真はすぐに話を終わらせる気がない様子で、欄干に寄りかかる。

首を斜《なな》めに傾けながら、「今って、女王の視線感じてたりしないよな?」と確認してきた。

女王の千里眼《せんりがん》に捉えられた時は、ざらついた氷の舌で全身を舐《な》め回されるような悪寒《おかん》が走るため、意識などしていなくても必ず気づく。ルイは「ああ」とだけ、短く答えた。

「じゃあ話すけど、落ちついて聞けよ。驚くなってほうが無理だけど」

「前置きはいい。さっさと言え」

水音と虫の音《ね》しか聞こえない橋の上で、ルイは言い知れぬ不安を感じる。

蒼真の言葉を引き金に、また思いだしたのだ。紲と再会した時、蒼真が見せた表情を——。

「紲は妊娠《にんしん》してる。まだ初期だと思うけど、確かに胎動《たいどう》が聞こえた」

勿体ぶっているかと思えば、実にあっさりと語られる。

発せられた言葉通りの唇の動きを目にしながらも、ルイはしばし反応できなかった。内容は幾分《いくぶん》遅れて頭に届き、そこからさらに時間をかけて理解する。

しかし鵜呑《うの》みにするわけにはいかなかった。

蒼真を疑っても疑っても、胸の奥には信じる気持ちがあったが……今の言葉はどう捉《とら》えるべきかわからなかった。信じる信じないという次元ではなく、足元の橋が壊れたかのように底が抜ける。自分の中にある大切な何かが、真っ暗な奈落《ならく》の底《そこ》に落ちてしまいそうだった。

「……まさか、あり得ない。紲は男だ……私と交わっても性別転換は起きなかった」

「そんなことわかってる。だから俺も驚いたけど、紲は元々希少《きしょう》な亜種《あしゅ》の赤眼《あかめ》だったんだし、俺の血の影響《えいきょう》で貴族に近づいてオッドアイに進化したんだ。前例のないことがすでに起きてる以上、さらに起きても不思議《ふしぎ》じゃないだろ？　女王だってそういうことを危ぶんで二人を引き離したいってのもあったんじゃないか？」

蒼真は女王から聞いたわけではなく推測《すいそく》で話しているようだったが、正しく的《まと》を射《い》ていた。

女王は紲を一目見て、性別を転換させるほどの力は持たない使役悪魔《しえきあくま》寄りのオッドアイだと断定したが、それでもなお禁断の純血種誕生を危惧《きぐ》していたのだ。紲のさらなる進化に女王が懸念《けねん》を抱いていたことは、紛《まぎ》れもない事実だった。

「──っ、仮に……男のまま子を作ることができたとしても、胎動が聞こえたら私が真っ先に気づくはずだ！　何故お前が……っ」

「仕方ないだろ、吸血鬼《きゅうけつき》と獣人《じゅうじん》じゃ聴力《ちょうりょく》が違うんだから。体に触れるまでは俺の耳でもわからなかったけど、一度気づいたら体に触ってなくても辛《かろ》うじて聞き取れるようになった。だから俺は煌夜の所に行ってきたんだ。アイツが気づいたかどうか確認しておく必要があるだろ？」

「……っ」

「もし教会に密告《みっこく》でもされたら、紲は確実に処刑《しょけい》されるからな」

蒼真の言葉が、ルイの胸を鋭《するど》く抉《えぐ》る。

紲の妊娠《にんしん》を告げられた瞬間から、絶望の影《かげ》は色濃く迫ってきていた。

足元にぽっかりと開いたかに思える奈落《ならく》の底《そこ》には、凄惨《せいさん》な死が待ち受けている。

地上の魔族《まぞく》を統《す》べる宗教会《しゅうきょうかい》、ホーネット教会には数々の厳《きび》しい掟《おきて》があるが、その中でも最大《さいだい》禁忌《きんき》とされているのが純血種の誕生だ。現在は唯一無二《ゆいいつむに》の純血種である女王が、混血悪魔達の頂点に立っており、魔族社会は明確なヒエラルヒーの下《もと》に確立している。

純血種は男女の貴族が交わることで生まれるため、女の貴族は絶対に作ってはならない掟があった。女王以外の純血種が誕生すれば、組織の分裂と魔族戦争は避《さ》けられないからだ。

――紲は貴族でもなければ女でもないが……貴族に近い存在になったからこそ孕《はら》んだのだとしたら、生まれてくる子供は純血種だ。人間の血が抜けた……完全な魔族……。

ルイは自分が立っているのか座っているのか、どちらかわからなくなるほど混乱し、はっと気づいた時には橋の欄干を握《にぎ》っていた。虚勢《きょせい》を張ることは疎《おろ》か、背筋《せすじ》を正すことさえできない自分を、情けないと詰《なじ》る余裕もない。

教会に離反《りはん》したところで、魔族である限り掟からは逃《のが》れようがなく――蒼真の話が事実なら、女王に逆らって逃亡した罪《つみ》とは比較にならないほどの大罪《たいざい》が、紲の腹に宿っていることになるのだ。それが教会に知られれば、これまでとはまるで違う形で追われることになる。

「紲が……処刑される……」

口が勝手に動き、現実を自分自身に語りかけていた。動揺している場合ではない。迅速《じんそく》に、冷静に、そしてこのうえなく慎重《しんちょう》に、今後のことを考えなければならないのだ。

「俺達が生まれてから三百年ちょっと……その間に純血種を孕んだ貴族がいたよな、三人も」

ルイの視界や思考は極端《きょくたん》に狭《せま》く閉じて、焦燥《しょうそう》ばかりが広がっていく。

蒼真に声をかけられることで少しだけ外側に目を向けることができたが、それでも目にするすべてが黒ずんで、暗黒《あんこく》の世界に足を踏み入れたような絶望に晒《さら》された。

「獣《けもの》の俺でも衝撃的《しょうげきてき》で、今でも忘れられない」

ルイの脳裏《のうり》に、見せしめとして公開された残酷《ざんこく》極まりない光景が浮かび上がる。

純血種を誕生させないために、教会では女貴族を作りだしてはならない掟が古くからあるが、いつしか魔族の体は特異な進化を遂《と》げて——女貴族が存在しない不自然な環境《かんきょう》の中で、最強の子孫を作る力に目覚めてしまった。それが性別転換能力だ。

血族以外の貴族同士が長期間一緒に過ごすと、片方が自然に女性化してしまう。特に恋仲にあったり性交渉を持ったりすると、より早く転換が起きると言われていた。

そのため貴族は管理区域を与えられ、生殖《せいしょく》能力のない使役悪魔と共に暮らしている。もしも掟を破《やぶ》って性別を転換させてしまった場合、女になった貴族には凄惨な死が待っているのだ。

ましてや純血種を宿した者は、他の貴族達のトラウマになるほど惨《むご》い処罰《しょばつ》を受ける。

ルイも蒼真も、この三百年の間に見たくもないものを見せられてきた。すべては魔族社会の平和のため、秩序《ちつじょ》のため、絶対君主《ぜったいくんしゅ》の恐怖支配を完全なものにするために——。

「……煌夜は、胎動に……気づいていたのか？」

「いや、まるで気づいてない。今のとこ俺達しか知らないから平気だ」

蒼真の答えを聞いても、胸を撫《な》で下ろすことなどできなかった。

ルイには平気なことなど何もないように思えたからだ。これまでは自分自身がターゲットで、女王はかつて愛した男と同じ姿の飾り人形を取り戻すために追手を寄越していた。

ルイの器《うつわ》にしか興味を持たない女王にとって、ルイが心を寄せる紲という存在は、邪魔《じゃま》ではあっても嫉妬《しっと》の対象にはなり得ない。そして女王には、ルイの捕獲《ほかく》を躍起《やっき》になって急ぐ理由もなかった。彼女自身は永遠の命を持ち、ルイにも残り九百年以上の命があるからだ。

つまりは女王の気分次第でもあったこの半年間、戦闘《せんとう》を避けられなかったのは七回だった。教会の追手は些《いささ》か手緩《てぬる》いとも言える。

しかし紲が純血種を孕んだと知られれば、状況は一気に変化するだろう。これまでのように人間の目を気にしながら接触し、人気のない場所で襲ってくるだけでは済まないかもしれない。

貴族の大群を寄越されたり、場合によっては女王自身がホーネット城から出てきて、本気で紲を捕らえたりということも考えられる。純血種誕生はそうまでして避けねばならない禁忌《きんき》であり、拘束《こうそく》された紲は、死を願ってやまないほどの拷問《ごうもん》を加えられるだろう。

「現時点で女王はお前を追ってるわけだし、このまま紲と一緒に居れば、女王の目が紲に向く機会が増えるのは必然だろ？　紲の変化に気づかれずに純血種を産み育てるためには、さっき伝えた条件を呑むのが一番だと思う」

未《いま》だに動揺を禁じ得ないルイとは逆に、数時間前から事実を知っている蒼真は冷静だった。

その態度を見るにつけ、自分も落ち着かなければと思いながらも感情が制御《せいぎょ》できず、ルイは橋の欄干に触れていた手で拳《こぶし》を作る。爪《つめ》を掌《てのひら》に食い込ませて痛みを感じると、粉砕《ふんさい》された心が一ヶ所に集《つど》う感覚を覚えた。今後のことを考えるために思考が動き、集中力が高まっていく。

――本当に子ができたのなら、まずは女王の視線から逃れることを最優先すべきだ。女王は紲の進化を危惧しながらも、性別転換能力がないと判断して見縊《みくび》っているところがある。私が投降し、紲が血族同然で男色を好まぬ蒼真と一緒に暮らすのであれば……女王は必ず油断するはず。まして蒼真は女王の信頼も厚い。紲が頻繁《ひんぱん》に近況《きんきょう》を探られることはなくなり、千里眼に捉えられる回数は……他の貴族と同じか、それ以下になる。

ルイは改めて蒼真のほうに顔を向け、紺碧の瞳を見据《みす》えた。

自分が投降すれば、紲の身柄は蒼真に預けられる。貴族にやや近いだけの使役悪魔として、女王の目の敵《かたき》にされることもなく平穏《へいおん》に過ごせるのだ。

「心は決まったか？　純血種は堕胎《だたい》しようがないんだし、こうなったらどうしようもないよな。後には引けない以上、前に進むしかない。そうだろ？」

蒼真は苦笑気味《くしょうぎみ》に口角《こうかく》を上げ、背中を軽く叩《たた》いてきた。

豹の時に尾でそうしてくるのと、よく似た感触が体に残る。

——純血種誕生に加担《かたん》したことが発覚すれば……極刑《きょっけい》は免《まぬか》れない……。

蒼真はそれを承知していながら、至極《しごく》当たり前に紲と子供を匿《かくま》おうとしているのだ。

自分と比べれば自由気ままに生きているように見える蒼真だが、一概《いちがい》にそうとも言えないところがあるのをルイは知っていた。一族の長《おさ》になってからの蒼真は、教会の掟を守ったうえで可能な限りの自由を満喫《まんきつ》しているだけだ。要領《ようりょう》がよく敵を作らず、目立たずにやり過ごすのが上手い。忠義《ちゅうぎ》の僕《しもべ》ではないにもかかわらず、媚《こ》び諂《へつら》う貴族よりも女王の信頼が厚かった。

「この件にかかわったことが発覚すれば、どんな目に遭《あ》わされるか考えたのか？」

「いや、それについてはあんまり考えてない。むしろ考えなきゃいけないのは、徹底的《てっていてき》に隠し通す方法だろ？」

再び笑う蒼真から、ルイは無心で目を逸《そ》らす。まともに顔を見ていられなかった。

これからのことを前向きに考えろという蒼真の意見は尤《もっと》もだと思ったが、何故そんなふうに思い切れるのか、自分が理解できる範疇《はんちゅう》を超えていたからだ。

「紲の腹の子は私の子だ。他人でありながら命《いのち》懸《が》けで手を貸す理由がわからない」

「そりゃ他人といえば他人だけど、守りたいと思うなら守るべきだろ？　思っちゃうんだから仕方ない。それに今の紲と俺は、完全に他人てわけでもない気がする」

「……っ」

「お前にしてみたら気分の悪い話だろうけど、俺は半年ぶりに会った紲を見て血族同然に感じたんだ。あくまで淫魔《いんま》のままだし、獣人になったわけじゃないのに……妙《みょう》な感覚だった」

それはルイも感じていたことで、いまさら驚くようなことではない。それでも蒼真の口からはっきりと言われると、悔《く》やまずにはいられない過去の出来事が鮮明《せんめい》に浮かんでくる。蒼真の血を輸血しなければならない事態に陥ったのは、自分が愚《おろ》かだったからだ。もっと紲と自分を信じて行動することができたなら、今頃はスーラ城で睦《むつ》まじく暮らしていた。

「——っ、腹の子も……血族のように感じたのか？」

「感じたね。吸血鬼と淫魔だけの血を引く純血種じゃない気がする。父親はもちろんお前だし、母親は紲だけど、俺も伯父《おじ》くらいの感じではあるのかもしれない」

我を忘れて激昂《げっこう》してはならないことを肝《きも》に銘《めい》じながらも、ルイは愕然《がくぜん》として立ち尽くす。

蒼真の話はおそらく真実だった。それを裏付ける紲の変化が、ルイの頭を過《よぎ》る。

微熱が続き睡眠時間が長くなり、好物も嫌物も蒼真に似て、食事量が増えた。

それが紲自身の変化だったのか、豹の血族を孕んだことによる変化だったのか……現時点で判断することはできないが、蒼真の血が子供にまで影響しているのは間違いない。

生殖能力も性別転換能力も持たない使役悪魔の紲の体を、受胎《じゅたい》できるほど進化させたのは、蒼真の血の力に他ならないからだ——。

「いちいち悪く考えるなよ。俺の行動を意外に思うことはないよって言いたいだけ。自分より優《すぐ》れた血族を守るのは、種の保存という点でも本能に忠実だろ？　俺は俺にできることをするから、お前はお前の守りかたをすればいい」

「女王の気を逸らすために降伏《こうふく》し、あの女の監視下《かんしか》で跡取《あとと》り息子を作れというのか？　紲や、紲が産む我が子と離れて、人間の女に子を産ませて育てろと？　二十年も幽閉《ゆうへい》されて……っ」

「それ以外に何ができるんだ？　お前は混血悪魔の中では強いけど、女王には手も足も出ないだろ？　紲の傍《そば》に居たい気持ちを今は抑えて、寄せられる執着心《しゅうちゃくしん》を逆手に取るべきだ。お前とスーラ一族の次期当主さえ手に入れれば、女王は紲に興味を向けなくなる」

　そんなことは言われなくてもわかっている――そう言おうとした唇《くちびる》さえ上手く動かせずに、ルイは歯を食い縛《しば》る。確かに他の手立ては考えられず、女王が紲を注視するのを避けるために、須《すべから》く耐《た》えるべきだ。求められている行動は明確で……女王が用意した人間の女に種付けをして男子を産ませ、自分と同じ姿になるまで育て上げればいい。子供に血と力を与えて寿命《じゅみょう》を削《けず》り、女王に命じられるまま、動く人形のように仕《つか》える――。

　――ただそれだけのことだ。それで、紲の身を守れる……。

　もう二度と離れない。死ぬまで一緒に居ると誓《ちか》ったけれど、その約束の執行《しっこう》を二十年先まで伸ばすしかなかった。ルイには我が子を利用する気は毛頭ないが、純血種ならば生まれた後はどうにか生き延びてくれる気がしている。自分は紲の傍に居られないが、もし何かが起きたとしても、紲には蒼真と純血種の子供がついているのだ。

「蒼真……」

数台の車が行き交い始めた橋の上で、ルイは欄干から手を離した。

ようやく自力でしっかりと立っていられるようになり、背筋も伸ばせる。

蒼真の顔を真っ直ぐに見ることも、唇を思うままに動かすこともできそうだった。

それでもなかなか言えないルイに向かって、蒼真は「覚悟はできた？」と訊《き》いてくる。

車の音や水音に濁《にご》されてはいたが、ルイはその問いかけに引きだされるように口を開いた。

「紲と、子供を頼む」

口にできたのは一言だけ。蒼真の返事も、「ああ」と短い。

貴族悪魔として覚醒《かくせい》する前から、共に学んだ幼馴染《おさななじみ》だった。

明朗闊達《めいろうかったつ》な性格に惹《ひ》かれ、親友だと思っていた時期もある。その後、紲を巡《めぐ》って一方的に憎《ぞう》悪《お》の念を滾《たぎ》らせていた自分を、何事もなかったかのように受け入れてくれた男だった。

——紲は日本で密《ひそ》かに子を産み育て……私の帰りを待つ。安全な場所で蒼真や子供に守られながら、無事に生きていける……。

今後について細かく話し合わなければならないのはわかっていながら、ルイは何も言わず、蒼真も口を噤《つぐ》んでいた。紲の中に芽生《めば》えた新たな命が、絶望になるか希望になるか——未来は見えず、ルイは子供の成長すらも見ることができない。もしも許されるなら蒼真と入れ替わりたいと願うのは、これが初めてではなかった——。

夜が明けたら大阪に移動し、直行便でイタリアに向かうことに決めたルイは、蒼真と別れて宿に戻った。前途多難《ぜんとたなん》で不安はあるが、蒼真がルイの予定を教会本部に連絡する手筈《てはず》になっているため、千里眼が近々《きんきん》に紲に向かう可能性は低まった。

ルイが条件を呑んで投降すると決まった以上――女王が意識を傾《かたむ》けるのは紲ではなく、次期スーラ一族当主を産む女の選定になるだろう。目下女王の目的は、従順なスーラ家当主を作りだすことであり、反逆《はんぎゃく》した自分のことは種馬程度にしか考えていない気がした。

――皮肉《ひにく》な話だ。紲の産む子供こそが我が子なのに、その子が無事に産まれるためにはもう一人子供が必要になる。女王に献上《けんじょう》するための……生贄《いけにえ》のような息子……。

三条通りから近い老舗《しにせ》旅館の渡り廊下を進んだルイは、離れにある一室の引き戸を開ける。座卓《ざたく》が置かれた和室から続く寝室には、完全結界が張ってあった。襖《ふすま》を開けなくても、紲が眠っているのがわかる。

――紲……私は、とても惨いことをしようとしている……。

ルイは早く紲の顔を見たい反面、すぐには踏み込めずに足を止めた。

紲の腹に居る子供のためなら、どんな残酷なことでもできると思っている。けれどこれから作らなければならない跡取り息子の運命を思うと、今から胸が苦しくなった。歴代当主を苦悩《くのう》させてきた女王との因縁《いんねん》を終わらせたかったのに、そうもいかなくなってしまったのだ。

混血悪魔は人間の母親に似た姿で産まれ、跡取りに選ばれた息子だけが、父親の血と魔力を与えられて貴族悪魔に育つ。肌の色や髪色がルイとは似ても似つかぬ子供でも、容姿や能力を完全に写し取っていくことになるのだ。

そして第二次性徴《せいちょう》を迎える頃に覚醒し、そこから先は数年で一気に育つ。十八歳前後で三十歳近くに見える姿まで育ち切って、一族を率《ひき》いていかなければならなかった。

生来の姿とは異なる容姿にされ、器と中身の違和感《いわかん》に戸惑《とまど》いながら、女王の玩具《おもちゃ》として差しだされる苦痛……幼い心は傷ついて、自尊心《じそんしん》は挫《くじ》かれる。それでも血族の前では長として振る舞い、他種族に侮《あなど》られることのないよう毅然《きぜん》としていなければならない。孤独《こどく》と屈辱《くつじょく》に耐えて、名門吸血鬼一族の体面を守る――それがスーラ一族の当主として選ばれた者の宿命だった。

――女王への奉仕《ほうし》だけでは済まない。貴族の義務として血族を増やすことを強要され、月が満ちる度に不本意な種付け行為をさせられることになる。私は……あのような生き地獄《じごく》を味わせるとわかっていて……息子を作るのか？　そんなことが許されるのか？

襖を開けるとそこに、自分が残した書き置きがあった。紲は目を覚まさずに、深く寝入っていたらしい。今もすやすやと愛らしい寝息を立てて、和布団の中で丸くなっていた。

――紲……お前は私を軽蔑《けいべつ》するだろうか？　離れ離れになり、恥知《はじし》らずなことをするくらいなら、腹の子と共に三人で死ぬべきだと……お前はきっと言うのだろう……。

ルイは布団の横の畳《たたみ》の上に膝《ひざ》を落とし、紲の髪にそっと触れた。

どうかこのまま、朝まで目を覚まさないで欲しいと思う。もしもすべてを話したら、紲は「一緒に死のう」と迫ってくるはずだ。

それに断固として抗《あらが》う自信が、今のルイにはなかった。涙《なみだ》する紲を説得できずに流されて、自害の道を選んでしまいそうで恐ろしい。

――紲、勝手な私を許してくれ……私はまだ、可能性に縋《すが》りたい。不幸な息子を作ることになっても、蒼真を巻き込むことになっても……お前を守りたい。誰よりも愛するお前をここで殺して、終わりにすることなどできない。

亜麻色《あまいろ》の髪を指で梳《す》いていたルイは、紲が被《かぶ》っていた布団に手を伸ばす。おもむろに捲ってから、着崩れた浴衣に触れた。腰帯を摑《つか》み、起こさないようそっと解《ほど》く。

触れなくても熱気を感じられるほど温かな肌は、夜目にも白く眩《まぶ》しかった。

ルイの肌のように凍《い》てついた白さではない。淡《あわ》い薔薇色でほんのりと色付けした、温もりのある東洋の美肌だ。見るからに木目《きめ》が細かく、触れると掌が吸《す》いついた。

「……っ、ん……ぅ」

手が冷たいせいで気づかれてしまい、紲が寝返りを打つ。以前なら些細《ささい》な物音でも目覚めたはずだが、今は目を開けることはない。しばらく触れずに黙《だま》っていると、また寝息を立てた。

ルイは手の温度を紲と同じにするために、浴衣越しに脇腹《わきばら》に触れる。そうしておくと体温が移っていき、人並《ひとなみ》に温《ぬく》もった。遂《つい》には浴衣を開き、仰向《あおむ》けで寝ている紲の下腹部に触れる。

内心は恐る恐るといった具合だったが、動揺が伝わらないよう細心の注意を払った。

ごくりと息を呑み、意識を集中すると確かに何かがあるような気がしてくる。

しかし胎動《たいどう》を聴き取ることはできなかったため、ルイは人間から吸血鬼へと変容した。

牙《きば》は伸ばしていないので、瞳の色が変わっただけで大きな変化はない。しかし五感は高まり、聴力が格段によくなった。もう一度息を呑んでから、ルイは紲の下着と臍《へそ》の間に顔を寄せる。

何も気づかずにあられもない恰好《かっこう》にされている恋人は、「……うっ、ん……」と呻《うめ》きながらも目覚めなかった。

「……っ、ぁ」

ルイは思わず声を漏《も》らし、慌《あわ》てて唇を結ぶ。

ようやく聴き取れたのだ。紲の腹の中で、微《かす》かではあるが規則正しい心音が刻《きざ》まれている。

そしてそれを聴き取った瞬間、ルイの貴族悪魔的本能が腹の子の存在を感知した。

人間の血が抜けた純血種である胎児《たいじ》を、現時点では強いとも弱いとも感じられなかったが、魔族の赤子が居るということだけは捉えられるようになる。

——子供が……ここに居る。私と紲の……私達の子供が……！

自分でも信じられないくらい感情が昂《たかぶ》り、全身が喜びに震《ふる》えた。

心臓が爆発《ばくはつ》しそうなほど高鳴って、肋骨《ろっこつ》や胸筋が内側から圧迫される。

湧き上がり、膨《ふく》れ上がる感情はあまりにも大きかった。暴《あば》れ過ぎて抑えようがない。

――っ……本当に、生きている……私と紲の……愛と血を繋ぐ命が、確かにここに……。

この子を死なせることなど、決してできないと思った。

紲と同じように、この子の命も守りたい。まだ会ってもいない誰かをこれほど大切に思い、愛せるのが夢のようだった。可愛い……本当に可愛い。きっと目に入れても痛くはないだろう。誰にも言えないのがもどかしかった。できることなら声を高らかにして誇《ほこ》りたい。この子は私と紲の子だと――そう言いたくて堪《たま》らなくなる。

「……っ、ぅ……ルイ？」

「！」

愛《いと》しい我が子の心音を、ルイは顔を綻《ほころ》ばせながら聴き入っていたが……夢中になり過ぎて、紲の反応に気づくのが遅れてしまった。名残惜《なごりお》しくも下腹から耳を離し、紲と視線を合わせる。

「ルイ……？　洋服着て、何やってるんだ？」

「――心音を聴いていた」

ルイが答えると、紲は目を擦《こす》りながら笑う。屈託《くったく》のない顔をして、「心臓はここだろ？」と、胸の中央よりも若干《じゃっかん》左を指差す。眠そうではあったが、示した位置は正しかった。

「そうだな……」

ルイは膝を進めて、紲の胸に顔を寄せる。すでに温もった耳を肌に当て、生き生きと脈《みゃく》打つ音を聴いた。いつまでも鳴っていて欲しい音。紲が生きている証《あかし》――。

間もなく紲を置き去りにする身ではあるが、紲の幸せを祈《いの》らずにはいられなかった。どうか、子供と蒼真と一緒に、笑って過ごせる日がたくさんあるように、願わくは親子三人で暮らせる日が来るように。ただひたすらに祈って、祈って、同じ祈りで胸が埋《う》め尽くされる。

——純血種が産まれても、権力も何も要らない。ただ、三人で暮らす自由が欲しい。時には蒼真《まじ》も交え……その輪の中で微笑んでいる紲を、穏やかな心持で見ていたい……。

「ルイ……どうかしたのか？　急に懐《なつ》いて……」

つい今しがた、あれほど大きな喜びを感じたのに……今は作り笑いすらできなかった。声を出すとみっともなく震えてしまいそうで、ルイは返事をせずに黙り込む。

「——ごめん、俺……なんか、眠くて……」

ああ、そうだな……ゆっくり眠るといい——心でそう語りかけ、唇はきつく引き結んだ。じわじわと、熱に近い疼《うず》きが瞼《まぶた》の裏までやってくる。これから訪れる紲の苦しみと戸惑いを、受け止められない自分が情けなかった。傍に居て、支えることができない。この手に我が子を抱くこともできない。遠いイタリアで別の子供を作り、その子に痛みをなすりつけてから紲の所に戻ってくる。最悪の所業だと知りながらも、その道を選ぶ。

「お前を愛している」

お前と、お前の子のためなら誰を傷つけようとも構わない——ルイは紲の胸から顔を上げ、睡魔に襲われている紲に口づける。小さなリップ音を立てて、何度も何度も口づけると、紲は再び笑みを浮かべた。「くすぐったい……」と言って、首を仰け反《のぞ》らせる。

咬《か》みつきたくなる頸動脈《けいどうみゃく》から目を逸らし、ルイは紲の瞳を見据えた。

「紲、お前に頼みたいことがある」

「……ん？　なんだ？」

眠そうにしながらも、紲はきちんと訊き返してくれた。

それだけで十分だと思ってしまう気持ちを押し退け、ルイは要求を口に上らせようとする。

はっきりと聞きたい言葉があった。これから二十年、紲とも子供とも会えないなら、胎動と紲の言葉を記憶しておきたい。何度でも思い返して、苦境《くきょう》を乗り越えられるように——。

「——愛していると言ってくれ」

ルイは紲の頰に手を触れて、声が震えないよう注意して発音した。

ゆっくりと語った言葉に、紲は目を見開く。眠気も飛んだ様子だった。

少し乱れた亜麻色の髪が後ろに流れていて、普段よりも額《ひたい》が見える。楽しいばかりの旅ではなかったのに、以前よりも美しくなった気がした。微笑《ほほえ》みには愛情が満ちている。

「そういうことは、素面《しらふ》じゃ言えないんだ。お前と違って……俺、昔の日本人だし……」

紲は困り顔をした後で、背中に手を回してきた。

チュッ、チュッと小気味《こきみ》よい音を立てながらキスをしてきて、突然はっとしたように動きを止める。そしてルイの背中から手を離すと、利き手を自分の顔の近くに持っていった。

くんっと鼻を鳴らして指の匂いを嗅いでから、「蒼真と会ったのか？」と訊いてくる。

「……お前には何も隠せないな」

「背中、蒼真に触られただろ？　この辺から茉莉花《ジャスミン》の匂《にお》いがした」

紲は再び背中に手を回してきて、指で一ヶ所をつつきながら笑う。

二人が会っていたことを知っても、それほど気にはしていない様子だった。

朝になったら伝える予定の断りを、夜のうちに伝えたとでも思っているのだろう……別れることなど微塵《みじん》も考えず、明日を信じて安心し切った顔をしている。

――許してくれ……今は言えない。お前と子供を守ると誓っても……お前に跡取りのことで詰《なじ》られ、「一緒に死のう」と泣かれたら、私はきっと揺れてしまう。

崩れそうな表情を見せたくなくて、ルイは紲の唇を塞《ふさ》ぐ。素面ではない状態を求める紲は、目を閉じて応じてきた。ルイが挿入《そうにゅう》した舌を吸い、絡《から》めながら首に手を回してくる。

「ん……う、ふ……っ」

「――ッ、ン……」

林檎《りんご》の香りが部屋中に満ちていた。

甘くて官能的《かんのうてき》な香り。これも、記憶に深く刻みつけておきたいものだ。

愛している、愛している――想いを全部舌に乗せて、ルイは紲の口内に運び込む。

それをじっくりと味わって飲み干《ほ》した紲は、同じように想いを舌に乗せて返してきた。

本当は、言葉にしてもらわなくてもわかっている。狂《くる》おしいばかりに愛されていることを、今は強く感じられる。男の身で子を孕んだのも、愛あってこそだ——。

「……ん、ルイ……ッ、キス……長い……」

「——嫌か？」

紲は枕《まくら》に頭を埋めたまま、「唇がふやけそう」と言って笑い、ルイのうなじを引き寄せる。

ルイは顔を斜めにして、交差させるようにキスをした。

柔《やわ》らかな唇を……それこそ本当にふやけてしまいそうなほど舐《な》めて、舌と舌で互いの唾液《だえき》をとろりと混ぜる。口角から溢《あふ》れたものまで追いかけて吸い取り、離れた唇を再び繋げた。

「ふっ、う……ん……ぁ……っ」

口づけは時間をかけてじっくりと、しかし手は忙《せわ》しなく動かす。

浴衣一枚だった紲は先に裸《はだか》になり、その後でルイの衣服に手を伸ばした。

ルイは脚衣の前を寛《くつろ》げ、紲はルイのシャツを脱がせていく。そうしながらも唇は繋いだまま、時折少し離れても舌先だけは触れ合わせた。

「……ルイ……ッ、ルイ……！」

蜜林檎の香りが一際《ひときわ》強くなり、ルイの香りでも太刀打《たちう》ちできないほど匂い立つ。

異常に精を求める理由も、情緒不安的になっていた理由もわかったが、それでもルイは向けられる愛を本物だと感じていた。

「あ……ぅ、っ……あ、あ……！」

「──ッ」

抱いた名残が消えていない体に、ルイは自身を突き立てる。

しっとりと迎えてくれるそこは、熱く狭く、二度と離さないとばかりに絡みついてきた。

──紲……私はまだ、お前を本当に幸せにはしていない……それ故《ゆえ》にどうしても、薔薇色の未来を夢見ていたくなる……。

別れの言葉が喉元《のどもと》で燻《くすぶ》り、唇も胸も焼けつきそうだった。けれど何も言えない。

紲と離れて暮らすのは、身を切られるようにつらくて淋《さび》しくて……ともすれば、親子三人で死ぬという考えに引きずり込まれそうになるからだ。すべて話した時、紲がそう言いだすのは目に見えている。愛する恋人の誘惑《ゆうわく》は抗い難《がた》い睡魔のように強烈《きょうれつ》で、ほんの少し気を緩《ゆる》めたら永久《とわ》の眠りに落ちてしまうだろう──。

「あ、あ、っ……あ……っ！」

「──紲……！」

喘《あえ》ぐ紲の首筋に顔を埋《うず》めながら、ルイは腰を揺らし始める。

快楽《かいらく》に呑まれて、今は何もかも忘れてしまいたかった。

「ルイ……ッ」

紲の奥に身を沈《しず》めると、そのままぎゅっと抱きつかれる。

耳元に寄せていた顔を上げようとしたが、紲の手で後頭部を押さえられた。顔を見ながらでは恥ずかしくて何も言えないから、このままでいてくれと言いたいらしい。

「――紲……」

「ルイ……」

官能の悦《よろこ》びに濡《ぬ》れた声で、そっと囁《ささや》かれた。理性が蕩《とろ》けてしまいそうな甘さを感じる。止めていた腰を動かさずにはいられなくなり、ルイは最奥を小刻みに突いた。布団に埋まった紲の腰に両手で触れ、ずくずくと貫《つらぬ》く。

「は……っ、あ……あ、ぁ……！」

何もかも忘れたいのに、快楽は忘我《ぼうが》の際《きわ》に導いてはくれなかった。むしろ強烈な未練を呼び覚ます。紲と離れたくなくて、心と体の繋がりを真っ二つに裂《さ》いてしまいたくなった。せめて片方だけでも紲に――。体は女王に奪われようとも、心は傍に居られたら――。

「……ッ、ルイ……あ、っ……ぁ……」

紲はルイのうなじと後頭部を押さえたまま、一旦《いったん》息を詰め……そして唇を開く。小さな声だったが、耳に直接、「愛してる」と注《そそ》がれた。

「――っ」

紲の声、匂い、肌や髪の感触――そしてこの情景までですべてを記憶するために、ルイは何も言わずに目を閉じた。五感で捉《とら》えたものを携《たずさ》えて、囚《とら》われの身になる覚悟を固める。

結んだ体から、生きていく力が湧いてきた。生と死の狭間《はざま》を心はゆらゆらと行き交《いか》うけれど、愛されることで気持ちは必ず上向くものだ。そういう愛を、大切にしたい――。

「紲……っ、愛している……」

涙が零《こぼ》れそうだったが、押し込めて笑みを作った。

紲はようやく手を離してくれて、見つめ合いながら口づけることができるようになる。

夜目でもわかるくらい火照《ほて》った顔で、照れ隠しに真顔になっているのが可愛らしい。

視線が合ったのは一瞬だった。紲はすぐに恥ずかしそうに目を逸らし、顔を隠すために再びぎゅっと抱きついてくる。

「――ルイ……」

耳朶《じだ》に唇が触れ、熱い吐息がかかった。

もう一度、音もなく「愛してるから……」と告げられる。

軽く当てられた唇の動きだけで、十分に感じ取れた。こっそりと微笑んでいるのもわかる。

涙が堪え切れなくなって、ルイは紲の髪が散る枕に額を当てた。

落とす隙もなくカバーに吸わせて、唇を一文字に結ぶ。

涙したからといって不幸なわけではない。

自分はとても幸せだと思った――。

# 5

滑《なめ》らかな天鵞絨《ビロード》の手触りの真紅《しんく》の薔薇《ばら》──その花弁《かべん》を海のように敷き詰めて、白いシルクの寝間着で伸び伸びと寝転がる。極上の感触と香り……。このまま眠り続けていると、艶《つや》のある低音の美声で起こされるはずだ。少し遠慮《えんりょ》がちに、「紲……そろそろ起きろ」と声をかけられ、長い指で髪を撫《な》でられるだろう。その時が来るまでは目覚めたくなかった。

──茉莉花……？

ルイの腕《かいな》で眠る幸福に、予想していなかった香りが混じる。

思えば少し前から存在していた気がした。茉莉花に近いというだけで、正確には本来地上に存在する香りではない。茉莉花よりも伸びやかに香る高貴な香りは、かつて慣れ親しんだものだった。まずは豹《ひょう》の姿を思いだす。被毛《ひもう》の中でも特に柔《やわ》らかい、白い腹毛を撫でたくなった。

次に思いだすのは人型の蒼真の顔だ。時により金髪だったり黒髪だったりするせいか、人型だと像がぶれる。最終的には金髪で落ち着いて、表情がくっきりと鮮明になった。皮肉《ひにく》っぽい笑いかた──ああ蒼真だな……と思うと、釣《つ》られて笑いそうになる。

「……っ！」

紲は薔薇色の夢から目覚め、開け放たれた襖から忍ぶ光を目にする。窓まで開いていた。それらをいつ開けたのかは知る由《よし》もなかったが、朝陽《あさひ》ではないことだけはすぐにわかった。昼の強い陽射しが、和室の中ほどまで伸びている。

光の中にあるのは、畳《たた》まれずに整えられた布団《ふとん》だった。

几帳面《きちょうめん》にぴんと張られた上掛けは、ルイの手によるものだとすぐにわかる。寝乱れたまま放置することもなく、かといって畳むという感覚もないあたりが彼らしい。

「おはよう、もう昼だけどな」

紲は布団の中で身を起こし、声のするほうに目を向けた。窓の外――露天風呂《ろてんぶろ》に続く縁側《えんがわ》の床几《しょうぎ》に蒼真が座っている。肘《ひじ》しか見えなかったが、間違いなく蒼真だ。

立ち上がった彼が部屋に入ってきた。やはり茉莉花の香りがする。

事前に嗅覚で感じ取っていたので、紲はそれほど驚かなかった。

「おはよう、来てたんだな。ルイは？」

寝室にはルイの残り香はあっても、本人は居ない。それどころか続き間にも浴室にも居ないことがわかる。より神経を研《と》ぎ澄《す》ませてみたが、旅館全体のどこにも居ない気がした。それに気づくと、急激に不安が募《つの》る。夜なら食餌《しょくじ》に出た可能性もあるが、今は昼だ――。

「ルイはどこに行ったんだ？　それになんでこんな時間……俺、六時に起こしてくれって昨夜《ゆうべ》言ったはずなのに……日本を、正午までには出ないといけなかったし……」

「睡眠時間が長くなったんだってな。以前は黙《だま》ってても五時や六時には起きてたのに」

「ああ……お前の血のせいかな？　近頃は目覚ましかけても起きれないくらいで……」

「それもあるかもだけど、子供が居るせいだと思う。そもそも豹族の眠りはそんなに深くない。小刻みで浅いからな」

蒼真は続き間から寝室に入ってきて、ルイの布団を座布団《ざぶとん》のように使った。脚にぴったりとフィットしたレザーパンツの膝《ひざ》を折り、胡坐《あぐら》をかく。浴衣《ゆかた》姿の紲と座り姿勢で対峙して、目を逸《そ》らしにくいほど真っ直ぐに見据《みす》えてきた。

「──子供が居るって、どこに？」

紲は蒼真が何を言っているのかわからなかったが、それよりも気になることがあった。

この寝室にはルイが完全結界を張っているはずで、今でもルイの魔力が残っている。蒼真が易々《やすやす》と踏み込んでこられるのは招かれた証拠《しょうこ》だが、ルイが何故そうしたのかわからなかった。相手は蒼真なのだから紲としては問題ないものの、ルイが取る行動としては不自然に思える。

「今から説明するけど、落ちついて聞いてくれ。騒《さわ》いでどうにかなるようなことじゃないし、誰も好き好んでお前を苦しめたいわけじゃない」

「……っ！」

目の前に座っている蒼真から左手首を握られ、紲はその力にぎくりとした。

痛みこそないが、もし振り切ろうとしてもびくともしないくらいの力が籠《こ》もっている。

「説明って……なんだ？　蒼真、ルイはどこに行ったんだ？」

紲は一度に訊きたいことが多過ぎて、言葉では足らずに詰め寄った。

がっちりと手首を摑まれてはいたが、蒼真に近づく分には思うように動ける。

子供がどうという話も気になり、何故ルイが結界の中に蒼真を入れたのかも気になって……

しかしそれよりも何よりも、ルイが今どこに居るのか知りたかった。

「紲、ルイは今イタリアに向かってる最中だ。それ以外にお前を守る手立てがなかったから、そういう選択をした」

「！」

潜在意識《せんざいいしき》のどこかで、絶対に聞きたくないと思っていた言葉に貫《つらぬ》かれる。

心臓を槍《やり》で突《つ》き刺《さ》されたような衝撃《しょうげき》と痛みが、胸から背中に向けて貫通《かんつう》した。

座っていても姿勢が保っていられなくなる。嘘《うそ》だと否定する言葉すら出てこなかった。

意識をどれだけ外に向けても、嗅覚を研ぎ澄ませても、ルイの気配や匂いが感じられない。

あるのは残り香のみで、辿《たど》っても辿《たど》っても途中で消えて本人には行き着かなかった。今すぐ外に出て捜そうとする気持ちと体は、蒼真の手で止められる。無意識に引いた腕に、硬い指がぐっと食い込んだ。

「放してくれ……っ、追いかけないと……」

「紲、お前の腹の中にはルイの子供が居る」

愕然《がくぜん》としている紲に追い打ちをかけるように、蒼真の声が再び届く。

しかし内容までは頭に入らなかった。単に音として耳に入ってくるだけで、脳にイメージを与えない。想像することも理解することも拒絶していた。すぐにルイを追いかけることだけを考える紲に、蒼真はさらにもう一言、「お前は妊娠してるんだ」と告げる。

「――っ、え……？」

ようやく、蒼真が伝えようとしていることがわかってきた。けれど悪い冗談としか思えない。いくら悪魔とはいえ、女性化もしていないのに妊娠などあり得ない――そもそも自分は使役悪魔寄りのオッドアイに過ぎず、貴族のような繁殖能力《はんしょくのうりょく》は持っていないはずだった。

「貴族悪魔同士が長期間一緒に居たりセックスしたりすると片方が女性化し、禁断の女貴族に変わる。貴族の男女の間に産まれてくるのは純血種だ」

「それは、知ってるけど……俺は女じゃない。ルイと居ても変化なんてしなかった」

「男のままだけど、何故か受胎《じゅたい》できたらしい。お前はレアな亜種《あしゅ》だし、前例のない突然変異《とつぜんへんい》のオッドアイだからな。そういうことが起きてもおかしくないのかもしれない」

「嘘だ……そんなこと、何かの間違いだ。女性化したならともかく、男なのに……」

「どういう仕組みになってるのか知らないけど、腹の中から胎動《たいどう》が聞こえてくるのは確かだ。お前とルイの子が、そこで元気に生きてる」

蒼真の視線が下腹に落ち、紲もまた視線を自分の腹に向けた。

そこに何かが生きていることを意識してみたところで、胎動も気配も感じられない。

「……あり得ない……絶対……絶対違う、お前の聞き違いだ！」

「紲、落ち着け。最初に気づいたのは俺だけど、ルイも確認してるんだ。聞き違いなんかじゃない。お前なら、ルイが何故イタリアに渡ったかわかるだろ？　二十年間……女王の千里眼をお前と子供から逸らすために、囮《おとり》になる気で降伏したんだ。お前達を守りたかったから──」

「放せ……！　そんなこと聞きたくない！」

手首ごと、腕を何度引いても逃げられなかった。立ち上がることさえ思うようにいかない。獣人の力は桁外《けたはず》れで、鉄の壁に手首を括《くく》りつけられているかのようだった。肘に渾身《こんしん》の力を籠めて引いても動かせず、布団ばかりが乱れていく。

──ルイ……ルイ……ッ‼

無言で暴れながら、紲は昨夜の出来事を思いだす。夢のようだったが、おそらく現実だ。ルイが腹に耳を押し当ててきて、その耳が少し冷たくて目が覚めた。何をしているのか問いかけると、「──心音を聴いていた」と彼は言った。

蒼真の言う通り、ルイが何を考えて行動したかは容易《たやす》く想像できる。純血種を孕《はら》むことが、どれほどの大罪《たいざい》かも知っている。けれどこうして黙って置き去りにされた身で──思うことは一つだ。

──っ、どうして……独りで行くんだ……っ、何故一緒に……！

投降するなら一緒に、処刑《しょけい》されるならそれも一緒に……最期の瞬間まで共に居られるなら、結末などどうなっても構わなかった。身も心も二度と離れないと誓《ちか》ったのに、どうして置いて行くのか理解できない。

「子供なんて……要《い》らないのに……」

「紲……」

「俺は女じゃないんだ。子供ができたなんて言われても……喜べないし、情も持てないっ」

心の底から、湧《わ》き上がるように出てきた本心だった。子供なんて産みたくない。たとえ愛の結晶《けっしょう》であろうと、ルイと自分を引き裂く存在なら受け入れられない。ルイばかりをつらい目に遭《あ》わせるのも、離れるのも耐えられない——そう言いかけた唇の横を、涙が駆ける。

あまりのショックで頭が働いていないのか、泣いているわりにはどこか冷めていた。感情が凍《こお》ってしまったように動かず、心の奥の深い所で停滞《ていたい》している。

「俺は、子供なんて産めない……どうにか、しないと……」

堕胎《だたい》という言葉が、紲の脳裏を過《よぎ》る。男の身で具体的に想像することなどできなかったが、まだ見ぬ子供を失うことでルイを引き止められるなら、そう願わずにはいられなかった。

ルイが本部に向かう前になんらかの方法で連絡をつければいい……子供は死んでしまったと伝えれば、彼は必ず戻ってくる。

「すぐに、なんとかしないと……」

「紺、なんとかなんてできないんだ。純血種に殺意を向ければ母体ですら反撃《はんげき》される。過去に妊娠した貴族も、女王の手で葬《ほうむ》られた。女王にしか殺せなかったからだ」

「——っ」

「これまでずっと、生産性のない関係に悩んできたはずだろ？　何かできる力が欲しいって、ずっと思ってた。そうだよな？」

「こんなことを、望んでたわけじゃない……俺は男なのに……っ」

紺は「手を放してくれ」とも口にするが、蒼真は放してくれなかった。

感情的になって大暴れしたり、ここから逃げだしたりすると思っているらしい。

実際にはそんな気力も失せてしまっていた。諦念《ていねん》で潰《つぶ》されているのだ。蒼真から目を逸らし、唇を引き結ぶのがやっとで、涙を隠そうとする気持ちが残っていることに自分でも驚かされる。

「紺、腹の子を憎《にく》んだりするなよ。半分獣《けもの》の俺には愛とかそういう面倒なのはわからないけど、その子はお前達が愛し合ってできた子だろ？　産まれてきたら、きっと可愛くなる」

「無理だ……そんなふうに思えない。一生……受け入れられない……」

腹に視線を向けてくる蒼真からさらに顔をそむけ、紺は涙を呑む。

頭のどこかで、諦めている部分はあった。望んでもいないのにオッドアイになってしまった時と同じように、運命に流されるまま子供を産む日が来るのだろう。どんなに嫌だと思っても抗《あらが》いたくても、次から次へと困難はやってくる。もう逃げることすら許されない——。

「紲、無理に可愛がれとは言わないから、別の見方をしてみてくれ」

蒼真の声のトーンが変わった気がして、紲は座り込んだまま視線を上げた。

そこには彼らしからぬ表情がある。眉《まゆ》を曇《くも》らせ、唇には一切の甘さがない。

「お前の腹の子は、絶対禁忌《きんき》の純血種だ。俺はホーネット教会の掟《おきて》通り、純血種は唯一無二でなければならないと思ってるし、本来は好戦的な魔族の戦意を喪失《そうしつ》させて支配するには、恐怖政治も必要悪だとわかってる。けど、その唯一無二の存在が女王である必要はないんだ」

「……っ」

「純血種が増えて派閥《はばつ》ができれば魔族戦争が起きる。それはいただけないけど、そうなる前にクーデターを起こして純血種を一人にしてしまえばいい話だ。お前とルイの子をホーネットの新たな王として擁立《ようりつ》し、完全な自由を手に入れる」

「――クーデター？　完全な、自由……」

「誰にも干渉《かんしょう》されることのない自由だ。長生きし過ぎた女王は盈満《えいまん》の咎《とがめ》で失脚し、俺達は逆賊《ぎゃくぞく》から官軍になって絶対権力を握る。その力で手に入れるのは、今の女王がいる限り決して手に入らない真の自由だ。お前はルイと一緒に好きな場所で暮らせばいいし、俺は……別に今のままでもいいけど、もうちょっと仕事が減って気ままに出かけられるようになるといいかもな」

蒼真はようやくいつもの笑みを浮かべ、下腹に触れてきた。

一瞬びくりとさせられた紲だったが、蒼真の手つきは優しい。

昨夜腹に耳を寄せていたルイのことを、思い起こさずにはいられなかった。

「俺はこの子の……伯父《おじ》みたいなものだと思ってる。俺にはもう可愛いよ。ルイなんかもっともっと可愛くて仕方ないはずだ」

「蒼真……」

彼が伯父という言葉を使う意味が、紲にはなんとなくわかった。

下腹に触れられながら次々と頭に浮かぶのは、ここ最近の自分の変化だ。蒼真の血の影響をどれだけ受けていたのか、改めて思い知らされる。

「紲――」

しばらく黙っていた蒼真が、おもむろに視線を上げた。

金色の睫毛《まつげ》の下から覗く瞳に射抜《いぬ》かれた紲は、思わず息を詰める。

蒼真の目が、戦わずして相手を屈服《くっぷく》させようとする――獣の目だったからだ。

「ここに息づいてるのは、最強の魔女を倒せる唯一の切り札だ。ルイをスーラ一族の因縁から解放できる救世主《きゅうせいしゅ》でもある。無理して可愛がらなくてもいいけど、憎むのだけはやめてくれ。この子の必要性を認めて、存在を受け入れてやって欲しい」

「――っ」

切り札、救世主――そんな言葉が頭の中に渦巻《うずま》いて、そして胸に落ちてくる。

紲は腹を撫でる蒼真の手を見下ろしながら、彼の言葉を何度も何度も反芻《はんすう》した。

男として生きてきた身で、子供を産むことなど考えられない。とても想像できない。

しかし腹の中にある物を子供だと思わなければ、多少なりと気持ちが楽になる気がした。

これはルイを救うための道具、生物兵器のような物——紲は自分自身に言い聞かせ、知識が呼び起こす母体や胎児《たいじ》の画を掻《か》き消そうとする。

「——これから……どうしたらいいのか、わからない……」

「そうだな……わからないことだらけで不安なのは当然だ。けど大丈夫……その子は半端《はんぱ》なく強いから、きっとなるようになる。それに普通に産むわけじゃないからな」

産むという状況まで想像が追いついていなかった紲は、言葉の続きを求めて蒼真の顔を凝視する。そういった行為が前向きと取られたのか、蒼真は少し安堵《あんど》した様子を見せた。

「純血種は母体に寄生《きせい》して、最終的には分裂して誕生するものなんだ。人間とは違って産道を通ったりはしない。お前が知ってる出産とはだいぶ違うはずだ」

「分裂なんて言われても……っ」

「爪や髪と同じだと思えばいい。お前の体の一部ではあるけど、長く伸びて表皮から離れたら切り落としても問題ない物のように、いつか自然に離れてくれる。実際に見たことはないけど、そういうものらしい」

語られる言葉通りの光景を頭に描きながら、紲は顔を左右に振る。

どう説明されても結局は産むことに変わりはなく、考えると忽《たちま》ち抵抗感に襲われた。

それに、なんと言われたところで変わらない現実がある。

今から二十年もルイに会えない。ただ帰りを待つしかない。

触れることも匂いを嗅ぐこともできずに、離れて暮らさなければならないのだ。

「――っ、どうして……ルイに、教えたんだっ」

沈下《ちんか》していた感情が大きく波立ち、紲はドンッと音がするほど強く蒼真の胸を叩く。

純血種が誕生して、それから何が変わるかなど、どうでもよかったのだ。蒼真は賢《かしこ》く自分は愚《おろ》かだということくらいわかっている。わかっているけれど、涙が止まらなかった。

「……一緒に……っ、俺は……」

ドンッ、ドンッ……と何度も何度も蒼真の肩や胸に左手の拳《こぶし》を打ちつけながら、紲は徐々に身を沈《しず》めていく。眩暈《めまい》や吐き気が酷《ひど》く、何も考えられなかった。考えたくもなかった。ルイが帰ってくるまで、心を閉ざしてしまいたい――。

「ごめんな……俺は、お前達に生きてて欲しかったんだ」

蒼真の胸に抱き寄せられて、気が遠くなっていく。

目が覚めたら二十年後の世界だったらいいのに……ルイが隣に居て、いつの間にか産まれた子供とやらが女王を倒した後で、「もう何もかも終わったよ」と、蒼真が笑って告げてくれたらいい――その時まで昏々《こんこん》と眠り続け、目覚めたくなかった。

# 6

現地時間の同日夜、吸血鬼ルイ・エミリアン・ド・スーラは、北イタリアのホーネット教会本部に向かっていた。

日本からミラノまでは約半日かかり、そこから教会所有のリムジンに乗って二時間少々――車は女王の結界に覆われた森の中を進んでいく。

イタリア・アルプスに程近い森の中は夏場も涼《すず》しく、日本とは湿度《しつど》の異なる澄《す》み切った風が吹いていた。緑は色濃《いろこ》く生《お》い茂《しげ》り、黒と見紛《みまが》うばかりの陰影《いんえい》を夜空に描いている。

行く先に見えるのは、夜間でも際立《きわだ》つ白い砦《とりで》だった。高さも厚みもある巨大な壁として立ちはだかる。車が近づくと砦の大門が厳《おごそ》かに開いて、その先に続く細長い橋と湖が見えた。

砦を潜《くぐ》り抜けると全貌《ぜんぼう》が一気に目に入り、見慣れていなければ圧倒される光景が広がる。砦は湖の一部を円く包囲し、城濠《じょうごう》の中央に建つ城を守っていた。延々と続く橋を渡る最中に見えるのは、閉ざされた水面と切り抜かれた夜空、そして天高く聳《そび》え立つ白い城――。

――以前ここに来た時……シンデレラが住んでいそうだと言っていたな……。

ルイはリムジンのシートに腰かけながら、紲の言葉を思い返す。

実際には残酷《ざんこく》な魔女が住むこの城に、再び登城《とじょう》する日が来るとは思わなかった。

紲に出会う前から、ここに呼びだされる度に憂鬱《ゆううつ》で逃げだしたくて……その頃には、なんの救いもなく女王に従っていた。今は待っていてくれる恋人がいて、愛しい子供までいる。

これからも事あるごとに、紲の言葉や表情を思い返すだろう。そうして過ごす二十年の時は、短く感じるだろうか……それとも、かえって長くつらいものになるのだろうか？　今は途方《とほう》もなく先に思えても、苦しみはいつか終わる。過ぎれば痛みの記憶は薄まるもの——ルイはそう信じて、迫りくる城を見据えた。

ホーネット城は優雅《ゆうが》な見た目に反して物々しく、階下は特に味気ない。城というよりも教会本部として機能しており、女王に招待された者であっても、入館受付を通りボディチェックを受けさせられる。武器や通信機器は一時的に預ける規則になっており、それらの手続きもシステム化されていた。

城を取り仕切っているのは女王直系の新貴族で、細《こま》かな仕事や警備を担《にな》っているのは彼らの眷属《けんぞく》達だ。貴族同士であっても血族間では性別転換が起きないため、新貴族の多くはこの城で共に暮らしている。それだけに結束も強く、大勢の新貴族を返《かえ》り討《う》ちにしたルイへの視線は、甚《はなは》だ厳しいものだった。

「母上の情夫でなければ八つ裂きにしてやるものを……」

「淫魔風情に入れ込んだ色狂《いろぐる》いがっ、恥を知れ」

高層階に上がり女王の私室の前まで案内されたルイを待っていたのは、新貴族からの辛辣《しんらつ》な言葉だった。部屋の入口には女王の息子が二人立っており、武装した使役悪魔も居る。

空気は張り詰め、憎悪《ぞうお》の籠もった殺気が漲《みなぎ》っていた。

序列は古参《こさん》の旧貴族のほうが上ではあるが、女王の直系貴族が威張《いば》り散らしているのは今に始まったことではない。ただしルイは女王の愛人として名が知れていたため、逃亡するまでは下にも置かぬ扱《あつか》いを受けてきた。今のこの状況は、あくまでも自分が招いたものだ。

「扉《とびら》を開けてくれ」

ルイは彼らの顔もろくに見ずに、一言だけ口にする。

視線を両開きの金属扉に縫《ぬ》い止め、開かれるのを待った。

左右から忌々《いまいま》しげな舌打ちが聞こえたが、黙って先へと進む。

開かれた扉の向こうは控えの間で、中央には赤い絨毯《じゅうたん》が真っ直ぐに敷かれていた。見張りはなく、ハニカム構造の部屋の中央には巨大なシャンデリアが下がっている。ドーム型の天井は眩《まばゆ》い金漆喰《きんしっくい》でできており、そこに白抜きで薔薇模様が描かれていた。

赤絨毯の上を歩くと、奥に続く扉に突き当たる。女王の完全結界が張り巡らされていた。

侵入を防ぐだけの通常結界とは違い、完全結界は音も匂いも魔力も外に漏らさない。通常の結界よりも破《やぶ》るのが困難で、迂闊《うかつ》に近づくのは危険だった。正式に招かれてから通らなければ、弾《はじ》かれて瀕死《ひんし》の重傷を負いかねない。

「吸血鬼ルイ・エミリアン・ド・スーラ、お召しにより登城致しました」

扉の先の女王に向けて、ルイは以前と同じように声をかけた。抑揚《よくよう》はなく、愛想《あいそ》もない。

しばらく待っていると内側から扉が開かれた。左右同時に、二人の女の手によって開かれる。

女王が世話係として侍《はべ》らせているのは女の使役悪魔ばかりで、女王の血族だった。人間的な関係性でいうなら、孫かそれ以下ということになる。

――黒薔薇の香りが……。

部屋の奥にある天蓋《てんがい》付きの長椅子《ながいす》から、女王が立ち上がるのが見えた。

結界があるので女王の体臭など感じられないはずだったが、匂いの記憶が蘇《よみがえ》ってくる。

女王が放つ薔薇の香りを、紲は「熟《じゅく》し過ぎて腐敗《ふはい》寸前のアメリカンチェリーのような、紫色をわずかに帯びた黒薔薇」と表現したことがあった。ルイも元より毒々しい香りだと思ってはいたが、それを耳にして以来、女王のことを考えると黒薔薇のイメージが湧くようになった。

「お遊びの時間は終わったようだな、スーラ」

「――女王陛下《じょおうへいか》にはご機嫌麗《きげんうるわ》しく」

女王は赤絨毯の上を歩き、ルイの目の前に立つ。

背後に広がる部屋もやはりハニカム構造になっており、窓のない部屋だ。

寝室はさらに奥にあるため、この部屋は女王の娯楽室《ごらくしつ》として機能している。

女王が愛用している長椅子と、ルイが朗読《ろうどく》を命じられた際に使う机や椅子、バーカウンター、カジノテーブル、ビリヤード台の他に、六面の壁のうち四面を覆う本棚が連なっていた。

天井は控えの間と同じ意匠《いしょう》で、金漆喰と白薔薇のドームになっている。シャンデリアには、クリスタルはもちろん貴石《きせき》まで使われており、それらと黄金が光を拡散させていた。

「機嫌ならばなかなか麗しいぞ、其方《そなた》が我の下に帰ってきたのだからな。年甲斐《としがい》もなく少女のように胸を高鳴らせ、この時を待っていたのだ」

機嫌がよいのは事実のようだったが、らしからぬ言葉は嫌みでしかなかった。

真っ直ぐに伸びた長い黒髪を揺らしながら、女王は私室から手を差し伸べてくる。

血のように赤いネイルを施《ほどこ》した手が、音もなく結界を突き抜けた。

目に見えない魔力の壁を破り、控えの間に立つルイを誘《いざな》う。

握手に近い形で女王の手を握ると、そのまま結界の内側へと引き込まれた。

これで招かれたことになり、女王の私室と控えの間を自由に行き来できるようになる。

「よくぞ帰ってきたな、スーラ……やはり李《リー》は使える男だ。獣人なのが惜しいことよ」

「李蒼真《リーツァンヂェン》から聞かされた条件は、徳《とく》高き陛下のご厚情《こうじょう》を感じられるもので、真《まこと》に心に沁《し》みました。陛下の下で跡取りを作った後は、香具山紲《かぐやませつ》と共に自由にさせていただけるというお話に、相違はございませんか？」

「我が息子と血族を散々痛めつけておいて、早速《さっそく》口にする言葉はそれか？　其方、あの淫魔に魅入《みい》られて気が触れてしまったようだな」

女王は呆《あき》れ口調で苦笑い、金の扇《おうぎ》を口元まで運んだ。

世間一般の価値観で見れば妖艶《ようえん》な美女なのだろうが、ルイには恐ろしい魔女にしか見えない。

父親と完全に同じ姿になった十八の時、ここに連れてこられて愛人という立場を受け継いだ瞬間から、半年前まで――ルイには三百年に亘《わた》る深い苦悩があった。

愛人とは名ばかりで性的な関係こそなかったが、女王に命じられるまま長時間の朗読や歌や楽器演奏を求められ、さながらジュークボックスのように扱われたきたのだ。時には口づけやダンスを強要されることもあり、女王の体に触れる度に生理的嫌悪で吐き気がした。

容姿や声を愛《め》でられる反面、ルイ個人の感情や見解は一切必要とされず、むしろただの器《うつわ》であることを強要されてきたのだ。それは幼かったルイの心を傷つけ、人格形成に於《お》いても多大なる影響《えいきょう》を及《およ》ぼした。個として認められない屈辱《くつじょく》の反動で自尊心を必要以上に高め、誇《ほこ》りを貴《とうと》ぶ名門一族の主であることに、縋《すが》らずにはいられなかった時もある。

「気が触れたわけではございません。あの者と番になりたいと、以前も申し上げたはずです。かつて私の先祖《せんぞ》を恋《こ》い慕《した》ってくださった陛下のご厚情に甘え、ご理解いただけるものとばかり思い込んで我儘《わがまま》を通したことを深く反省しております。半年間の逃亡中、新貴族並びに陛下の僕を傷つけたのは本意ではありませんでした。ご迷惑をおかけして申し訳ございません」

結界を越えて部屋の入口付近に立っていたルイは、その場で膝を折った。女王の手を取り、甲《こう》に恭《うやうや》しく唇を当てる。どれほど心外であっても、今はこうするより他になかった。

「スーラ一族の歴代当主の中で、其方ほど愚かな者を我は知らぬ。其方の父は人間の女を愛し娶《めと》りはしたが、我に逆らうような真似はしなかった。忠実に千年仕え、息子が自分と同じ姿になった時は、さも嬉しげに差しだしたものだ」

「……っ」

「あの夜のことを覚えているか？　十八歳の其方は我を見上げて怯《おび》えていた。瓜《うり》二つの父親の隣で、気の利いた言葉のひとつも言えずにな」

「幼い頃のことにございます」

思いだしたくもない過去に触れられて、ルイは密《ひそ》かに歯を食《く》い縛《しば》る。

ルイの外見年齢は人間に譬《たと》えると三十歳前後だが、貴族悪魔の生態上、十八の時には今の姿まで成長し切っていた。しかし心の変化は人間よりもむしろ緩《ゆる》やかであるため、急激な成長は肉体と精神の間に歪《ひずみ》を生む。ただでさえ自分を見失いそうになる難しい時期に、ルイは親から、売られるも同然のことをされたのだ。

――私は父と同じことを……これからしようとしている。紬と紬が産む子供を守るために、新たな息子を作って女王に献上《けんじょう》する……。

踵《きびす》を返して長椅子に戻っていく女王の後を追いながら、ルイは心底《しんてい》を揺さぶられる。

覚悟は決めたはずなのに、生々《なまなま》しい苦痛の記憶が迷《まよ》いを生んだ。我が子を同じ目に遭わせて、その先に幸福な夢など見ていてよいのだろうか？　断ち切りたかった女王とのしがらみを自ら再生し、役者を変えて同じことを繰り返そうとしている。それは明らかな罪《つみ》だ――。

「あの淫魔を我は殺すつもりでいたのだ。だが李に止められた。其方を思うままに操《あやつ》りたくば、生かしておいたほうがいいと言うのだ。それどころか、淫魔を殺せばお前が自害すると……」

「――確かに、生きてはいられません」

女王は天蓋から下がる紗《しゃ》の向こうに行き、長椅子の上にゆったりと腰かけた。

黒いドレスに包まれた肉感的な体のラインを、意図的に見せつけられている気がしてくる。紲を愛し、紲以外との情交を酷《ひど》く嫌うルイにとって、婀娜《あだ》めいた女の姿はおぞましいものでしかなかった。露骨《ろこつ》に視線を逸《そ》らすわけにはいかないが、見たくないあまり女王の顔ばかりを見据える結果になる。

「其方、李とは相変わらず仲が悪いのか？」

「……はい、番の取り合いをしておりましたから」

「李はこうも言っていた。獣人を見下す其方のことが憎くてならない故《ゆえ》、其方に奪われた番を取り返して鼻を明かしてやりたいと――それが李の本音か否かは大した問題ではない。必ずや投降させてみせると豪語《ごうご》した李に任せた結果、こうして其方が戻ってきたことが重要だ」

女王は扇を閉じてからもう一度開き、その陰《かげ》で唇を持ち上げる。

上目遣いにルイを見る瞳は、黒と見紛うばかりの暗紫色《あんししょく》だ。まともに囚《とら》われると鳥肌が立つような、底知れぬ魔力を秘めていた。詩的な表現ではなく、本当に吸い込《すこ》まれそうに見える。

「スーラ、この城で跡取り息子を作り、其方のすべてを継承《けいしょう》させるがよい。囚われの身として二十年仕えた後は、先行き短い抜け殻《ぬがら》となった其方に、あの淫魔をくれてやろう。一族も何もかも失って、番の一人もいないのでは憐《あわ》れだからな」

「慈悲《じひ》深い女王陛下に、心より感謝致します」

ルイは長椅子の前で跪《ひざまず》き、女王の手に再び口づける。心を殺して人形に徹《てっ》したかった。望まれた言葉だけを口にし、嘘で固めた忠誠で二十年間やり過ごせば自由になれる。

――長い寿命も、力も一族も要らない……抜け殻だと言いたければ言えばいい。私にとって幸福そのものでしかない時間が、継承の後に待っている――。

憐れなのは自分ではなく、後継者《こうけいしゃ》にされる息子のほうだった。けれどそれを深く考えて思い悩んだところで、目の前の女には敵わない。戦わずしてわかってしまうのだ。半分人間である自分と、純血種である女王の力の差。姿形はさほど違わなくても、生物として圧倒的な格差があることを、嫌というほど思い知らされる。

「あの淫魔、オッドアイにはなったが、其方と半年一緒に居ても性別の転換は起こらなかったようだな」

「はい、紲は男のままです。閨事《ねやごと》を覗かれたのですから、よくご存じでしょう?」

女王の言葉で不快《ふかい》な出来事を思いだしたルイは、抑《おさ》え切れない感情を露《あら》わにした。

一度だけだが、紲との情交の際に千里眼を使われたことがあったのだ。

愛を交わしている最中に突然、全身を冷たい舌で舐《な》められるような不気味《ぶきみ》な視線に囚われ、その直後に紲も気づいた。堪《たま》らない悪寒《おかん》を感じて肌が粟立《あわだ》ったことや、執拗《しつよう》な視線が体の隅々《すみずみ》まで行き渡った感覚を今でもよく覚えている。女王に見せつけようなどという気にはなれず、生理的嫌悪のあまり萎縮《いしゅく》を余儀なくされた。

後に残ったのは、怒りを遥《はる》かに上回る恐怖だ。無防備な姿を見られたことにより、逃げ場のないことを痛感して……紲は疎《おろ》か、ルイでさえも顔色を失った。

「これまでに其方の父や祖父の情事を見たことがあるが、其方とは違い、貴族らしく品のよいものであったぞ。あれほど猛《たけ》り狂《くる》った姿は目にした覚えがない」

「……っ」

「相手が浅ましい淫魔では無理もないが、見苦しいものを見せられて未だに気分が悪いのだ。男相手に血道《ちみち》を上げる姿など、思いだしても虫唾《むしず》が走る」

女王は扇を勢いよく閉じ、言葉通り不快感を示したかと思うと一転――奇妙《きみょう》な笑みを口端に浮かべた。本当のところは何を思い、何を企《たくら》んでいるのか読めない微笑《びしょう》は気味《きみ》が悪い。

「我の脳裏に焼きついたおぞましい記憶を、美しく塗り替える儀式を執《と》り行う」

「――っ、儀式……？」

「其方がいつ戻ってきても執行できるよう、準備はしておいたのだ。こちらに参れ」

女王は長椅子から立ち上がると、最奥の寝室に向かって歩きだした。

普段は開かれることのない扉が、使役悪魔の手で厳かに開かれる。

金装飾を施した扉は天井近くまで延びており、細長く見える空間の向こうには、次なる六面体が待っていた。これまで居た娯楽用の私室とは違って、それほど広くはない。中央には紗を被せられたベッドがあり、そこに誰かが横たわっているのが見えた。

――人間の女……。

ルイは目でシルエットを捉えると同時に、嗅覚で察する。

女王と共に過ごす際に、人間の女が連れてこられることは間々《まま》あった。吸血鬼は、人間に変容した混血悪魔の血や虜《とりこ》の血でも養分を摂《と》ることができるが、もっとも好むのは混じり気のない完全な人間の生き血だ。そのため女王は、数百年以上前から飼育繁殖《しいくはんしょく》している人間を食糧とし、娯楽室に連れてきてルイに振舞うことがある。

「その女の姿を見るがよい」

女王はベッドには寄らず、近くにある長椅子に腰かけた。

命じられるまま動くしかないルイは、天蓋から下がる紗に近づく。

じわじわと込み上げてくる違和感《いわかん》の正体は、すぐにわかった。本来は餌《えさ》である人間が女王のベッドで眠っているという、目を疑う光景に胸騒《むなさわ》ぎを覚えたのだ。

幾重《いくえ》にも垂《た》らされた優雅なドレープと紗を除けると、問題の女の姿が目に飛び込んでくる。

女は眠らされていたが、目を閉じている状態でもすぐにわかった。女王に似ているのだ――顔立ちも体つきも、肌の色や髪の色、化粧や髪型まで似ている。そのうえ、女王が今着ているドレスと同じ物を着せられていた。

「これは……っ」

「我に似ているであろう？　元々少しばかり似ている女を、より近づくよう整形させたのだ。人間の医学の進歩は目覚ましく、実に愉快《ゆかい》なものだと思わぬか？」

長椅子の上で扇を開閉している女王の言葉に、ルイの背筋《せすじ》は凍りつく。

自分に似せた人間の女を自分のベッドに寝かせて、いったい何をする気なのか想像するのが怖かった。儀式という言葉からしても、不穏《ふおん》な予感を覚えてならない。

「あの淫魔を抱いていたように、その女を抱け。狂おしく情熱的にな――」

「！」

鑑賞体勢に入っている女王に視線を向け、ルイはその場に立ち尽くす。

体中の血が、床に向けて一気に下がっていった。女王は歴代のスーラ一族当主に対し、屈辱的な奉仕を散々強要してきたが――その根底には亡《な》き想い人を偲《しの》ぶ心があるため、故意に恥をかかせたことはない。女王が求めていたのは、美しく整えられたスーラの姿であって、ルイは一度として服を脱《ぬ》げと命じられたことはなかった。

そして女王自身も、乱れた姿を晒《さら》すことはない。定期的に人間の男の子種を使い、新貴族を生みだしながらも、膨れた腹など決して見せない女だった。

「そのようなこと……っ、できる道理がございません」

「何故《なぜ》できぬのだ？　息子を作ることは承諾《しょうだく》しておいて、この女は抱けぬと言うのか？」

「種付けは満月の晩にするもの……っ、今宵《こよい》は魔力が弱く、種付けしても強い子は望めません。何より、陛下は品格を備えた節度ある貴婦人だったはず。何卒お考え直しください」

冗談じゃない――そんな言葉が頭の中を駆け巡り、まともに話せている自信が持てなかった。子種を仕込むだけでも嫌で堪らないのに、無駄《むだ》な情交を眺《なが》められるなど耐えられない。

そのうえ眠っている女は女王に似過ぎていた。どう考えても無理がある――。

「――半分は被食者に過ぎぬ混血悪魔の身でありながら、よくもそのように生意気《なまいき》な口を利けたものだ。ましてや色に狂って我を裏切ったこと、深く反省していると申したのを、舌の根の乾《かわ》かぬうちに忘れたか？」

「……っ、申し訳ございません。しかしながら、陛下の御前で浅ましい行為などできるはずがないのです。恐れ多くて……男として機能しません」

プライドをかなぐり捨ててでも拒否《きょひ》したかったルイは、無意識に握った拳を戦慄《わなな》かせる。

しかし自分の立場を忘れてはいなかった。逃亡中にどれだけのことをしたかも、女王に何を要求されても文句は言えないことも十分にわかっている。

女王が腹を痛めて産んだ息子達を返り討ちにし、逃亡先の無関係な貴族まで傷つけた。本来ならば処刑《しょけい》されるはずの身だ。

――耐えろ……耐えて、命じられた通りにしろ……っ、この女を怒らせれば紲と子供の身が危ない。私は心を殺して、如何《いか》なる屈辱にも耐えるべきだ……。

これ以上の責め苦が続くとしても、受け入れなければならない。そうあるべきだと心に言い聞かせるルイの目の前に、女王がやって来る。

大理石の床の上に靴音《くつおと》が響《ひび》き、衣擦《きぬず》れの音と重なった。

眠らされている女よりも整った顔が、徐々に近づいてくる。

威圧的な空気が、黒薔薇の香りと共に押し寄せてきた。気を緩めたら一歩も二歩も後退してしまいそうな、完全な魔物の気配――近づかれただけで、本能が危険を察して警告《けいこく》してくる。

「あれほど猛り狂っていた物が、機能しないはずがない。今ここで奮《ふる》い立たせてみよ……我はもう一度、乱れる其方を見てみたい。男ではなく、女を抱く其方を――」

「！」

顔に触れられるや否や、女王の唇が迫ってきた。

逃げられない速度ではなかったにもかかわらず、ルイは同じ位置に立ち続ける。

ほんの一瞬の間に、自分自身を制したのだ。

逃げずに甘んじて受けろ――と命じて、唇の感触に耐えた。

これから先の日々に苦痛が待ち受けているとしても、終着地で紲が待っていると思えば歩き続けていける。これくらいのことで狼狽《うろた》えてはならないのだ。

「——ッ、ゥ……」

女王の舌が唇の間から忍んでくると、歯列が動きかける。冷たい舌の侵入を防ぎたかった。しかしそうもできずに受け入れた瞬間、頭の中に黒い薔薇の花が浮かぶ。

唾液《だえき》の味を感じることで、脳内の薔薇は一気に増殖《ぞうしょく》していった。

——紲の……嫌いな匂いが……っ！

暗紫色にも見える黒薔薇が、花園では収まり切らずに広がり続ける。黒い海へと姿を変え、ルイの思考を塗《ぬ》り潰していった。紲の嫌いな匂いに体を穢《けが》されていく感覚に吐き気がする。

不意に紲の顔が浮かんできた。とても不快げな表情をしている。

腐敗した黒薔薇の汚泥《おでい》に埋《う》め込まれていくような口づけに、自分だけではなく紲まで一緒になって苦しんでいるのだ。嫌で嫌で堪らないと、顔を顰《しか》めている——。

——この舌を噛《か》み切れたら……この女さえいなければ済む話だ……っ、いくら純血種でも、首の骨をへし折られれば平然としてはいられないはず……一瞬の隙《すき》をついて、怯《ひる》んだところで首を切り落とせばいい……そうすれば、もう二度とこんな思いは……っ！

堪《こら》えろ、耐え抜け——繰り返し命じてはいた。それでもどうしようもなかった。脊髄反射《せきずいはんしゃ》の勢いで抵抗を示す気持ちを、抑え切れない。

人間でいうところの、魔が差すという状態に陥《おちい》ってしまった。気づいた時には、女王の首に手を回し──。

「ぐ、っ……うっ！」

他者の完全結界の中では魔力を抑制《よくせい》される。それでも体は自由に動かせるのだ。

力強い大きな手で、ルイは女王の首を絞《し》める。舌も唇も離れていたが、おぞましい黒薔薇の侵蝕《しんしょく》は未だに続いていた。唾《つば》を吐きたい気持ちを抑えて、ルイは手指に力を籠め続ける。

「──っ、う……っ！」

動きだしてからは躊躇《ちゅうちょ》しなかった。白く冷たい首をぎりぎりと絞めつけていく。

三百年の記憶が、走馬灯《そうまとう》の如《ごと》く駆け巡った。こうして思い起こすのは一瞬で済む。けれどもその時々は、終わりがないかのように苦しかった。忘れることなどできるはずがない。

「死ね……っ、頼むから死んでくれ!!」

紲の傍に行きたい。一日も離れていたくない──そして、この因縁を断ち切りたかった。

我が子に押しつけたくない、終わらせたい。誰にも伝え切れない想いがある。

せめて、女王が自分を一個人として尊重してくれていたなら、同じ行為を求められても心の持ちようが違ったのかもしれない。

しかし女王にとって、ルイがルイである必要はなかった。

ルイも、ルイの父親も祖父も、これから作らねばならない跡取り息子も、女王にしてみれば総じて『スーラ』に過ぎないのだ。個はあってはならない。想い人の複製として、目と耳を愉《たの》しませることだけを求められる。

——死んでくれ……っ、頼むから消えてくれ！

ルイは全身全霊《ぜんしんぜんれい》の力を籠めて、女王の首を絞め続けた。罪悪感《ざいあくかん》など何もない。十八の頃から胸の奥に隠していた憎悪が膨れ上がり、破裂《はれつ》して殺意になっただけのこと——。

——私はようやく自分というものを見つけたのだ……生涯《しょうがい》を共に過ごせる者を、愛する者を見つけて生まれ変わった……っ！

女王を殺したら日本に行こう……やはり離れているのは無理だったのだ。紲の嫌いな匂いに侵《おか》された口を漱《すす》いで、体を清めて会いに行こう。黙って去ったことを謝り、子ができたことを祝福したい。紲が笑ってくれたなら、世界は忽ち薔薇色に変わるはずだ。黒い薔薇ではなく、真紅の薔薇に染め上げられる。

「！」

恍惚《こうこつ》の殺意に囚われていたルイは、一心に女王の首を絞めていた。

しかし気づいてしまう。

石のように硬い感触に、我に返らずにはいられなかった。

頭一つ分近く下にある顔は、苦痛に歪んではいない。憤懣《ふんまん》やるかたない表情を浮かべながら、黙って睨み上げてくる。

手指が感じているのは、人ならざる者の硬い皮膜《ひまく》だった。確かに触れているのに、そこには薄皮《うすかわ》に姿を変えた強大な魔力が存在している。

──全身を……硬質化させて……っ！

見えない鎧《よろい》に驚愕《きょうがく》しながらも、ルイは手を緩めなかった。

殺意は挫《くじ》けず、女王に向かい続ける。何度も何度も力を籠めて、絞めようのない首を渾身の力で絞め続けた。死んでくれ、消えてくれ──自分の声が頭に響く。

「愚かな……あれほど可愛がってやったものを……っ！」

女王の怒声に耳を劈《つんざ》かれ、見えない波動に打たれた。

それでも手を離さなかったルイの眼前に、血の霧《きり》が噴《ふ》き上がる。

女王の背中から現われた霧は、瞬く間に形を成した。ドレスが裂け、羽毛《うもう》を持たない巨大な翼《つばさ》が生える。蝙蝠《こうもり》と同じ飛膜《ひまく》を持つ、真紅の翼だ。

「──っ！」

息を呑む暇《ひま》もない速度で、翼が広がる。

同時に、伸縮《しんしゅく》する飛膜の末端《まったん》から牙《きば》と見紛う爪《つめ》が伸びた。

首から手を放して後退した時にはすでに遅く、ルイは女王に捕らえられる。両腕の代わりに翼で抱き寄せられ、否応もなく女王の体に密着した。豊かな乳房《ちぶさ》すらも、今は恐ろしく硬い。まるで氷像にぶつかったかの如き衝撃を受けた。

「……ッ、グ、ア……ッ!!」

女王の髪に唇が触れた刹那《せつな》、ルイの背中に翼爪《よくそう》が突き刺《つさ》さる。
ずぶりと皮膚《ひふ》が裂ける音がして、肉も骨もバターのように貫かれた。翼爪の一部は貫通し、胸から突きだしてくる。それらは女王の肩の上を通って、長い黒髪を揺らした。

──紲……私は、また過《あやま》ちを……。

異様に静かな時間が流れ始める。夥《おびただ》しい血液が床に落ちる音ばかりが響いていた。体を硬質化させることなど、混血悪魔にはできない。脆《もろ》い肉体は鮮血を噴きながら、頽《くずお》れるより他なかった。

翼から突きだす爪に串刺《くしざ》しにされたまま、ルイの体は少しずつ沈んでいく。
喀血《かっけつ》する唇が、女王の鎖骨《さこつ》に触れて接吻《せっぷん》の跡《あと》を残した。剝《む》きだしの白い肌……頸動脈《けいどうみゃく》もすぐそこにある。確かに血が通っていた。

──お前と一緒に……死ぬべきだったのかもしれない……。

全身から血を抜き取られながらも、ルイは決死の覚悟で牙を立てる。
しかし皮膚を破ることはできなかった。
強固な石を齧《かじ》るように、ガチガチと牙を鳴らして痛みだけを味わう。
何もできない、ただ従うしかない自分──それすらも黙って全うできなかった己を、ルイは何よりも激しく憎む。守りたいものを守れない男は、生きる価値がないのだ──。

「――美しく愚かなスーラ……其方は我の人形であればよい。この顔も体も、血の一滴《いってき》すらも其方は我の所有物に過ぎぬのだ。抜け殻になって、壊れるまではな――」

攻撃してきた男を、弾き飛ばさずに抱き締める余裕が忌々しくてならなかった。

体中に開けられた孔《あな》から血が溢《あふ》れ、ルイの体は前後の区別なく赤く染まる。

自重に負けて崩れ落ちると、床一面に広がる薔薇の香りに迎えられた。

――私は……私の物だ……この香りを再び……紬に……。

女王の翼が霧散《むさん》し、役目を終えて消えていく。

ルイの視界は赤と黒に染まって、最後には何も見えなくなった。

# 7

目が覚めたら二十年後——そう願ったところで叶《かな》わず、一日一日を乗り越えて歳月を重ねるしかなかった紺は、これこそが夢ではないかと疑う時があった。

旧軽井沢の鹿島の森に建つ屋敷で、薔薇の手入れをしている時……或《あ》るいはルイの血を固めて作ったルビーの香りを嗅いでいる時、ルイの肖像画《しょうぞうが》を見つめている時——他にも数え切れないほど、ふとした瞬間に夢《ゆめ》と現《うつつ》を彷徨《さまよ》う。これは全部夢で、目を覚ましたら彼が居る気がした。

敷地内に作った薔薇園には、ルイの香りを再現するための紅薔薇が一年中咲《さ》き誇《ほこ》り、指輪に嵌《はま》っている血の石には彼の香りが残っている。何枚もの肖像画は紺が描いたスケッチだったが、無数にあるルイの表情をひとつひとつ丁寧《ていねい》に捉えていた。

——ルイ……お前の香りをまた調香し直したんだ。前よりさらに近づいて……お前を身近に感じられる気がする。この薔薇を使うのはズルい手だけどな……。

紺は午後の薔薇園で花を摘《つ》みながら、頭の中でルイに話しかけていた。

時には答えが返ってくることもある。都合のよい妄想《もうそう》だとわかっていても、ルイの声で、新しい言葉が聞こえてくるのが嬉しかった。

蒼真に預けられる代わりにある程度の自由を与えられている紲だったが、ルイに手紙を出すことや近況を知ることはできない。それでもはっきりしていることはあり、ルイが生きていることと、今でも変わらずに自分を愛してくれていることだけはわかっていた。

ルイが愛の誓いとして贈ってくれた指輪には、彼の血を固めた石が嵌っていて、これは愛が冷めた場合やルイが死亡した際には、溶けて蒸発《じょうはつ》してしまう。紲が肌身離さず持っている硝子《ガラス》ケースの中で、今もなお鮮烈《せんれつ》な輝きを放つ血の色の石——小さな石でありながら、途轍《とてつ》もなく大きな存在だ。ルイの命、そして愛情が、紲の心を支えている。

「ただいまー」

年々広げている薔薇園に、甲高《かんだか》い少年の声が響く。

手足がしなやかに伸びてきても、まだあどけなさの残る少年の名は雛木《ひなき》馨《かおる》。満十歳だ。

門から直行してきた馨は、黒いランドセルを背負っていた。顔立ちは紲に似ているが、瞳は純血種特有の暗紫色で、髪色は今のところ亜麻色《あまいろ》に固定されている。本当は蒼真と同じ金髪にしたいらしいが、豹に変容した際の被毛の関係上、これより薄い色にはできないらしい。

「おかえり」

独りで居ると夢か現実かわからなくなる時がある紲だったが、息子や蒼真と一緒に居る時は地に足をつけていられる。今もまた、ぼんやりとしていた状態から一気に引き戻された。

「お腹空いたんだけど、なんか食う物ある？」

「食う物じゃなくて、食べる物」

「食べる物ありますかー?」

「あるよ、ミートパイ焼いておいた。温めるからちょっと待っててくれ」

馨は「やったね♪」と言いながら軽く飛び跳《は》ね、薔薇を摘《つ》んでいた紲の横に立つ。

花なんていいから早く屋敷に戻って支度してよ——と言わんばかりな顔で見上げてきた。

この花園の薔薇は、元々はフランスで改良されたオールドローズで、馨が産まれた時に体を覆《おお》っていた卵殻《らんかく》や羊膜《ようまく》を根元に埋めたことから劇的《げきてき》に進化した。しかし馨自身には花を愛でる趣味はない。食べることにばかり神経が行っているのは、明らかに蒼真の影響《えいきょう》だ。

馨が幼い頃、紲は精神的に不安定だったために馨を十分に愛することができず、義務として世話をするのが精いっぱいだった。その分、蒼真が人間としても豹としても常に馨の傍に居たせいか、馨は誰よりも蒼真を慕《した》っている。便宜上《べんぎじょう》ホーネット教会には李一族の使役悪魔として登録してあり、母親は雛木という姓を持つ人間の女で、父親は蒼真ということになっていた。

実際には伯父《おじ》と甥《おい》のようなものだが、本物の親子のように仲がいい。

「今日は少し暑かったな。帽子《ぼうし》被らなくて平気だったか?」

「まあね、俺そこら辺の吸血鬼じゃないし」

「こらっ」

紲は馨の答えに腹を立て、頭をバシッと叩《たた》く。

人間ではないので、この屋敷では当然のように体罰《たいばつ》が横行していた。蒼真は特に荒《あら》っぽく、豹の牙で咬《か》みついて、善悪を嫌というほど思い知らせることもある。

「イテテ……なんでぶつんだよー」

「そこら辺の吸血鬼なんて言いかたするな。お前の父さんもその括《くく》りに入ってる」

「貴族のこと言ったわけじゃないってば！　まあ……でもそっか、同じことになっちゃうか」

「お前はノリと勢いでポンポン物を言うところがあるから、もっと相手の立場を考えて慎重《しんちょう》に発言しなきゃ駄目《だめ》だ。確かにルイは陽射しが苦手だけど、本当に強くて多才で気品があって、誰もが憧《あこが》れる素晴らしい吸血鬼だったんだからな」

「あー……はいはい、わかった、わかったってば」

馨は唇を尖《とが》らせつつ、両耳を塞《ふさ》ぐポーズを取る。

紲としては、魔力のうえでどうしても純血種よりは劣《おと》るルイの父親としての威厳《いげん》を保ちつつ育てたいのだが、あまり強調すると反抗的な態度を取りたくなるようだった。

それでも本心では父親を尊敬しているらしい馨は、吸血鬼の割合が極めて高い三種族混合の純血悪魔だ。人間に変容することはできず、常に吸血鬼の姿をしている。牙を伸ばさなければ普通の人間かつ日本人で罷り通り、淫魔や豹にもなれた。

「そうそう、今日学校でさー変な奴が転校してきたんだ」

「奴とか言わない」

「いちいち突っ込まれたら会話になんないじゃんっ」

紲は水を張ったバケツに花を入れ、馨と共に薔薇園を出る。

鹿島の森の中に建つ屋敷は、広大な敷地を高いフェンスと蒼真の結界で囲まれていた。

今歩いている場所も、庭というよりは森だ。天高く伸びた松が風に揺れ、小川のせせらぎに近い音を立てている。鬱蒼《うっそう》とした森の中は夏場でも苔生《こけむ》して、浅間石《あさまいし》を深緑に彩《いろど》っていた。

「そんでさ、その転校生が変なんだ。俺が近づくとすんげぇ怖がんの。顔とか真《ま》っ青《さお》で」

「ガンつけたんじゃないのか？」

「全然。普通によろしくって言っただけなんだぜ。アイツたぶん凄《すご》い勘《かん》がいいんだろうな」

「結界、緩めたりしてなかっただろうな」

「緩めるわけないだろ。俺を誰だと思ってんだよ」

「調子に乗るな」

所々陽だまりができている森の中を歩きながら、紲は一歩先を行く馨の頭を叩《はた》く。

「イタァッ」と言いつつも、馨のそれは単なる条件反射で、口だけだった。実際には非常に打たれ強く、今も三歩進めば鼻歌を歌いだす。

クーデターを起こして女王を倒すという話を、蒼真がどこまで本気で考えているのか紲にはわからなかったが、蒼真は馨が幼い頃から戦闘訓練《せんとうくんれん》を施していた。時には紲が卒倒《そっとう》するほどの大怪我《おおけが》を負わせることもある。逆に蒼真が死にかけたことも何度かあった。

「その子にはあまり近づかないよう気をつけたほうがいいな。いつまでも気にされるようなら、他のクラスに移ってもらう手もあるけど。彼もそのほうがいいだろうし」

「えっ、そんなことできんの？　あ、紲の魔力で先生を誘惑《ゆうわく》するとか？」

「馬鹿。寄付金を積むとかして、まあなんとか……こういう時のために蓄《たくわ》えがあるんだし」

教会から時々来る査察使《ささつし》に見咎《みとが》められたり、女王の千里眼を魔力で引き寄せたりしないよう、馨は二十四時間自分の体に結界を張っている。魔力を抑え込んでいるため、貴族の蒼真ですら馨の力は感じられない。しかし人間の中には稀《まれ》に、捕食者の気配を察して本能的に怯える者がいた。大抵は赤子や子供で、野生動物にもその傾向が見られる。

「蓄えって何？　貯金のこと？」

「そう、この場合は貯金のこと。馨……十分わかってると思うけど、どんな場所に居てもどういう状況でも気を抜かないでくれ。お前が純血種だってバレたら……大変なことになる」

「うん、わかってる。バレて襲われたところで、黙って殺《や》られる俺じゃないけどね」

フフンと笑いながら振り返った馨の瞳が、木漏《こも》れ日《び》を受けて紫に光る。

やはりあどけない少年だが、こんな時は我が子ながらぞくっとさせられた。

魔力を完全に封じ込めているにもかかわらず、目に見えないオーラを感じるのだ。

学校では運動面に於《お》いて常に人並でなければならない馨は、実力を隠して負けることを悔《くや》しいとは思わず、強大な力を秘めていることに酔《よ》えるタイプだった。ある意味とても前向きで、子供ながらに揺るぎない自信に満ちている。

力を隠すことを余儀なくされた馨を守るため、紲も蒼真も馨に一切の隠し事をしない方針で育ててきた。だからといって女王を倒せと言ったことも敵だと言い含めたこともないのだが、馨は自分の判断でホーネットの王になるつもりでいるようだった。ルイが無事に戻ってくれば話は別だが、万が一の場合は女王を倒すことを前提として鍛錬《たんれん》に励《はげ》んでいる。

「ねえその薔薇どうすんの？　午後に摘むとか珍《めずら》しくない？」

「これか？　これは食卓に飾る用。香りは朝摘みのほうが強いけど、食事の時は弱いくらいのほうがいいからな」

「薔薇を飾るってことは、今夜はご馳走《ちそう》とか？」

「ご馳走なら毎日食べてるだろ、二人していい肉ばっかり。今夜は蒼真が居ないからな、普段より人間的な物を作ろうかと思ってる。何かリクエストは？」

「……っ、え、なんで？　なんで居ないの？」

これまで機嫌のよかった馨は、屋敷の玄関を前にして立ち止まる。

それと同時に、屋敷内に蒼真が居ないことに気づいた様子だった。忽ち周囲を見渡して屋敷どころか敷地内のどこにも居ないことを察すると、ふて腐《くさ》れた顔で睨み上げてくる。

「京都に行ってるんだ。明日には帰ってくるから」

「はぁっ？　なんで俺に黙って行くんだよ！　京都ってことは白虎《びゃっこ》野郎と一緒ってことだろ⁉

俺だって豹に変容しようと思えばできるんだぜっ、狩りも遊びも俺とすればいいじゃん！」

「野郎じゃなくて煌夜《こうや》だ。お前は豹に変容できるとはいっても形ばかりで、頭の中身というか、本質的な部分では吸血鬼だろ？　獣人には獣人にしかわからないものがあるんだし、たまには野生に返って遊ばないと蒼真だって疲れる。帰ってきた時そんな顔で文句言っちゃ駄目だぞ」

紲は玄関に続く階段を上がり、普通の家屋の二階に近い位置にある玄関扉を開けた。

返事もせずに無言で中に入った馨は、下ろしたランドセルを床に放り投げる。ほとんど叩きつける勢いだった。

「馨っ」

「虎《とら》の何がそんなにいいいんだよっ！　俺なんて斑紋《はんもん》付きの黒豹《くろひょう》だぜ！　もっとデカくなったら絶対俺のがイケてるし！」

亜麻色の髪を揺らし、馨は廊下を駆けていく。荒々しいが、身軽なのでドタドタと音を立てたりはしない。豹に近い身のこなしで階段を上がると、自室に飛び込んで扉を閉めた。

今度は酷い音が立つ。バァーンッ‼　と、家中に響く音だ。振動が一階まで伝わってくる。ところがすぐに、一切の物音が消えた。生き物の気配を感じられないくらいの静寂《せいじゃく》が漂《ただよ》う。

馨の部屋には完全結界が張られているため、音も匂いも漏れてこないのだ。

馨が憤慨《ふんがい》して怒鳴っていようと暴《あば》れていようと、ベッドにダイブしてすすり泣いていようと、部屋の外からはわからない。

——拗《す》ねちゃった……まあ、寝て起きればケロッとしてるだろうけど……。

紲は溜め息をつきながら、馨の膨れっ面と晴れやかな笑顔の両方を思い描く。

紲に対して気を使っているのか、それとも頼ってはいけない相手だと思っているのか、馨は大方のことは自己解決する子供だった。それでは済まない場合は蒼真に頼る。こんな時に紲がドアをノックしたところで、「今いません！」と怒鳴られるだけだ。

——馨も馨だけど、蒼真も蒼真なんだよな……駄目な時はほんとに駄目っていうか。せめて馨が帰ってから出かければいいのに……。

引き止められると面倒だからという理由があるのだが、蒼真の言動次第で馨の機嫌が大きく変わるため、間に挟まれている紲は困惑《こんわく》させられる。

馨が幼い時は四六時中馨と一緒に居た蒼真だったが、それは彼の性情に合わず、いつまでも続けるのは無理があった。好悪とは無関係に、蒼真には独り気ままに過ごす時間が不可欠だ。

馨はそれを理解していながらも、豹の体に触れたがる。しかもかなり執拗《しつよう》に。おしゃぶりや、お気に入りの毛布と縁《えん》が切れない幼児に似ていて……紲が言い聞かせるまでもなく本人もよくわかっているのに、どうしてもやめられないようだった。蒼真の気分が乗っていれば寄り添い合っていられるものの、時には避けられたり引っ掻《か》かれたり咬まれたり——その度にこうして拗ねて、岩戸《いわと》隠《がく》れをしている。

紲は二階を見上げながら再度溜め息をつき、バケツとランドセルを手にキッチンに向かった。

おやつとして作ったミートパイをどうするか悩んだが、夕食の一品に加えることにする。

その頃には馨も部屋から出てきて、ぺろりと気持ちよく平らげるだろう。

紲は下処理した薔薇を花瓶《かびん》に移し、ダイニングテーブルの中央に飾った。

それから馨のランドセルを開け、大人二人分仕様の弁当箱を取りだす。

他には宿題のプリントが入っているだけで、教科書は一冊も持って帰ってきていない。

紲はシンクで弁当箱を開くと、食べ残しがないことを確認した。苦手な物は入れていないが、今日は好物ばかりというわけでもなかったので、「よしよし」と口に出す。

自分が学校に通えなかったこともあり、息子には人間として普通の学校生活を経験して欲しかった紲は、蒼真を説得して馨を小学校に通わせていた。毎日手作りの弁当を作って持たせ、保護者として学校に赴《おもむ》く際は父親を名乗っている。

――夕食まで時間あるし、パンでも焼こうかな。

紲は旬の枝豆のパンを作ることに決め、粉《こな》を保管している戸棚を開けた。

ルイが経営していた香水会社『le lien《ル・リアン》』が教会に乗っ取られたことを機に、紲は専属調香師を辞めて、家のことに力を入れるようになった。とはいえ香水作りをやめたわけではない。特に最初の五年間は、何よりも優先して香水作りに熱中していた。

馨が産まれ、地上には存在しないはずの薔薇が咲いた時、夢の実現への道が拓《ひら》けたからだ。

薔薇を栽培《さいばい》することや、その花弁から香料を抽出《ちゅうしゅつ》すること、そしてルイの香りに近い香水を作り上げることに専念し、隙を見て育児と家事をする……そんな生活が五年続き、香水が一応完成してマイナーチェンジの段階に入ってから、紲はようやく馨と向き合えるようになった。

そして今は、ルイと一緒に暮らすことを考えて料理の腕を磨《みが》いている。

以前は米ばかり食べていたが、ルイの好みに合わせてパンを焼くようになった。北軽井沢の牧場で新鮮《しんせん》なミルクを買ってきて、自家製バターやカチョカバッロを作ることもある。既存の品を取り寄せて日夜研究を重ねた結果、自分なりに誇れる物を作れるようになった。

紲自身の好みとしては、炊《た》き立てご飯と漬物《つけもの》と味噌汁《みそしる》、時々魚があればそれで十分だ。馨の卵《たまご》が産まれてからは肉を好むこともなくなり、食事量も以前と同じくらいに戻った。妊娠中は受けつけなかった薄荷《はっか》やミントも、今では普通に食べられる。

――ルイも蒼真も偏食だけど、馨はなんでも平気な子にしないと……。

新鮮な枝豆を茹《ゆ》でている間に、紲は大きなすり鉢《ばち》を用意した。

野菜の形がそのまま残っていると嫌がるので、生地《きじ》に練《ね》り込んで爽《さわ》やかな緑色のパンにするつもりでいる。滑り止めのシリコンシートも出して、すり鉢の下に敷いておいた。

ついでに豆乳《とうにゅう》も混ぜてよりヘルシーなパンにしようと思い、冷蔵庫を開ける。

庫内は肉の塊《かたまり》だらけだが、飲み物や調味料も入っている。一応、人間の家庭にあってもおかしくはない内容だ。だいぶ変わっているけれど、辛《かろ》うじてなんとか普通――この冷蔵庫の中身くらいが、紲の目指すところだった。地上に巣くう全魔族を束《たば》ねる宗教会《しゅうきょうかい》、ホーネット教会を乗っ取り、王になると言っている息子を、紲はごく普通に育てたくて仕方がない。

それが、人間として育った自分の責務だと思っていた。

永遠の命を持つ馨が、人間的な『普通』とは無縁だということは重々承知している。本人の判断に任せると決めた以上、自分の希望を押しつけたりはしていない。しかし親として願うことは、戦いや権力とは無縁の、愛と幸福に満ちた人生だった。

――先のことはまだわからないけど、女王が約束通りルイを解放してくれたら……その時は、過去のことで復讐《ふくしゅう》なんてしたくない。そもそも馨が居たって勝てる保証なんてないし……馨を巻き込まずに、隠れながらでもきちんと生きていけるようにしないと……。

自分達は所属《しょぞく》していた組織に逆らい、多くの悪魔を傷つけた。それは事実なのだ。

二十年間、離れ離れになるつらさは刑期として耐えねばならないものだと、紲は十年かけて省察《せいさつ》し、この状況をなんとか承服していた。おそらくは、ルイも同じように考えているのではないだろうか……約束さえ守られるなら、子供に頼ってまで女王に報復《ほうふく》したがるとは思えない。

――……でも、どうなんだろう……ルイが解放されても、それによってスーラ一族の当主と女王の因縁が断ち切られるわけじゃない。ただ継承されるだけだ。ルイには毎日顔を合わせる跡取り息子がいるはずで……今頃はたぶん……その子のことを可愛いと思ってる。身代わりになんかしないで、助けたいと願ってる……。

お前なら、きっとそうだ……と、紲は唇だけを動かして声なく呟《つぶや》く。

その跡取り息子は、ルイの心を癒《い》やしているだろうか？　それともルイの心をより痛ませる罪《つみ》の象徴《しょうちょう》でしかないのだろうか？　他の誰かが産んだ子供を、馨と同じように愛して欲しくはない気持ちが、紲の胸にはある。けれど今は、ルイにとって少しでも心温まる存在が彼の傍に居ますようにと、祈らずにはいられない。

慣れ親しんだ鹿島の森で、愛息《あいそく》や親友と一緒にひっそりと暮らせている自分はいい。敷地の外に出ることもできるし、馨を囲んで笑うことだってあった。

ルイは今頃、女王の城でどんな思いをしているのか……想像すると粉を混ぜる手が震える。女王への奉仕がどういったものか、紲はよく知らなかった。ただ、ルイが酷く嫌悪していたことだけは知っている。人間の女を抱くことも、彼にとっては虫唾が走るほど嫌なことで……その間に産まれてきた息子に悲しい運命を託《たく》すことも、どんなに彼の心を苛《さいな》んでいるだろう。

「……っ、ぅ……」

強力粉を入れたボウルの中に、紲は涙粒を落としてしまう。

粉の上を滑っていった粒を見下ろしながら、途端に今何をしているのかわからなくなった。

香水が完成するまではこんなことばかりで、馨が腹を空かせて泣いていても気づかない時があった。よちよち歩きでベビーベッドから抜けだした馨が、薔薇園まで来て泥《どろ》だらけで泣いていたこともある。何度も何度も反省して涙して謝って、今度こそは……と思っても、また同じ失敗を繰り返して――それでも責めない蒼真に、咬み殺してくれと縋ったこともあった。

──馨の泣き声が聞こえる……。

今はもう生意気盛《なまいきざか》りの少年に育ったけれど、紲の頭の中では小さな馨の泣き声が響く。深く深く、後悔《こうかい》していた。腕の中にすっぽりと収まる柔《やわ》らかい体を、何故もっと抱き締めておかなかったのか……ふっくらとした頬《ほお》に何故もっと口づけなかったのか、多くの愛の言葉や笑顔を向けて、愛情と時間を注ぎ込んで育てたかった。胸を張って、この子を大切に育てたと誇れるくらい可愛がりたかった──でも、できなかった。たぶんこの後悔は一生続き、自分は馨の泣き声から逃れられないのだろう。

「……っ……」

涙など流すと、馨がルイ奪還《だっかん》の使命や生まれてきた責任を感じてしまうから、泣いてはいけないと思っている。母親的な立場ではあるが、自分が男だということは忘れていない。子供に涙など決して見せたくはなかった。

──何を……するんだっけ……ああ、そうだ……パンを焼いて……それから、今夜は蒼真が居なくて淋しいだろうから、好きな物をたくさん作ってあげないと……。

紲は粉の中に落ちた涙粒を拾い、馨のランドセルに視線を向ける。

怒ることはあっても弱音《よわね》は吐かない強い子だけれど、本当は淋しいのはわかっていた。馨のために自分が何をしても、大した慰《なぐさ》めにはならない。それもわかっている。子供を十分に愛されなかった親は永遠の罰《ばつ》を受け、子の愛が他者に向くのを、指をくわえて見ているしかないのだ。

それでもせめて――もしかしたら、往生際《おうじょうぎわ》の悪い自己満足な罪滅《つみほろ》ぼしかもしれないが、紲は少しでも馨が喜ぶことをしたいと思っている。自分が何かしたことによって笑ってくれたり、美味しそうな顔をしてくれたり、それが嬉しくて……そして切ない。

――今の俺なら一日の多くを一緒に過ごせるのに……あの子は蒼真じゃなきゃ駄目で、俺は正直ちょっと淋しくて……結局、気づいた時にはいつも遅い。信用を失って、取り返しがつかなくなった頃に後悔して足掻《あが》いてみても……逃したものは手に入らない……。

甘えてもらえない自分は、馨にとって頼るに値しない親なのだろう。

無視せずに口を利いてくれるだけでも、ありがたいと思うべきなのかもしれない。

蒼真のように、ぎゅっと抱きつかれたり体重をかけられたり、追いかけ回されたり……馨にそんなことをされた記憶が紲にはない。何もかも自業自得《じごうじとく》だとわかってはいても、時折蒼真が羨《うらや》ましくなった。こんな想いを話せる相手もなく、妄想《もうそう》のルイに語っては涙を堪える。

――ルイ……色々相談したいし、会いたいし……早く……。

手元が狂って床に落ちた枝豆を拾おうとして、紲は膝を折る。

木の床の上のエメラルドグリーンの粒が、じわじわとぼやけて見えた。

涙の粒《つぶ》まで床に落ちる。慌てて顔を覆うと、濡れた頬が粉だらけになってしまった。

# 8

スイスやフランスに程近い、北イタリアのホーネット城――迷路のように複雑に入り組んだフロアの上層階に、ルイは幽閉《ゆうへい》されていた。

十一年近く前に瀕死の重体のまま運び込まれたので、ここが何階なのかは知らない。元より、平常時でも何がどこにあるのかわからないギミック仕様の奇妙な城だ。女王の居室に隣接していることから考えて、おそらく上層階であろう……と推測《すいそく》したうえで、時折抜ける風の匂いで確信していた。この城は湖の城濠と広大な森に囲まれているにもかかわらず、そういった物の香りが薄いのだ。味気ないほどに澄み切った、空を洗う風だった。

椅子に座って本を読んでいると、格子《こうし》の向こうにある扉が開いて新貴族がやって来る。

貴人用の牢《ろう》になっているルイの部屋は、ほぼ死角のない長方形で、長い側面の片側すべてが鉄格子になっていた。ベッドの前には衝立《ついたて》があるものの、硝子張りの浴室は中まで見える。

鉄格子の正面には、女王の居室があった。ソファーセットや長椅子が、全部こちらを向いて配されている。牢は狭いながらも美しく整えられ、食餌も衣服も上等な物を与えられているが、さながら動物園の珍獣《ちんじゅう》のような扱《あつか》いだ。

「──殿下《でんか》のお食餌の時間だ」

女王の直系である新貴族の男の言葉に、ルイは手にしていた本を閉じる。鑑賞物《かんしょうぶつ》にされる屈《くつ》辱《じょく》の日々の中で、唯一待ち遠しい時間だった。ほんの数分で終わるうえに、終わってしまえば罪悪感が襲ってくる……それがわかっていても、この時を楽しみにせずにはいられない。

新貴族の男に続いて入ってきたのは、ルイの息子、ノア・マティス・ド・スーラだ。

今日で十歳になるこの少年は、女王の養子となって殿下と呼ばれている。

つまりはホーネットの王子であり、まだ貴族として覚醒《かくせい》していないにもかかわらず、女王の実子を差し置いて傅《かしず》かれる立場にあった。

──ノア……。

ルイは近づいてくるノアを見つめて、その姿を毎日目に焼きつける。

混血悪魔は原則として母親に似るが、ノアは十歳にしてすでにルイの息子らしい姿になっていた。それもこれもすべて女王が仕組んだことで、女王は理想の『スーラ』を作るための母体として、自分に似ていてなおかつルイの特徴を持つ女を、実に六人も用意した。いずれも白人で黒髪、紺碧《こんぺき》に近い碧眼《へきがん》を持つ濃艶《のうえん》な美女ばかり。それが今から約十一年前のこと──。

種付けは満月の晩に一人ずつ行われ、最初に誕生した男児が跡取り息子として選ばれた。

それがここに居るノアだ。最終的に、男児四人、女児二人が誕生し、ノア以外の五人はそのまま使役悪魔として生きることになった。

彼らは母乳や人間の食物を摂って育ち、覚醒すると使役本能に支配された眷属になる。

貴族悪魔のルイの感覚では、我が子とは思えなかった。彼らは単なる眷属に過ぎないのだ。

「──」

ノアは新貴族に連れられて、格子の前までやってくる。

言葉を交わすことは禁じられているため、親子の間に会話はなかった。

ルイの血と力を、十年間毎日欠かさず与えられてきたノアは、幼いながらも大層《たいそう》美しく育ち、
上質な絹《きぬ》と真珠《しんじゅ》と薔薇の花で作られた人形のようだった。ルイの姿を着々と写し取った今では、
誰が見てもルイの息子だとわかるほどによく似ている。

ルイは左手首のカフスを外して、袖《そで》を捲《まく》った。

格子の近くにあるアンティークのキャビネットの上から、消毒用の脱脂綿《だっしめん》を摘まむ。

手慣れた所作《しょさ》で手首を中心に肌を清め、脈を上にして格子の外に出した。

──さあ……今夜も私の血を……。

挨拶の言葉すら交わせなかったが、いつも目で語りかけていた。紺碧の瞳を見つめながら、
毎晩こうして……ルイは自分の命をノアに与えている。

──手が……随分《ずいぶん》と冷たくなってきた。

吸血の際に触れられる腕に、ノアの体温が沁みる。まだ覚醒していないので完全に吸血鬼に
なったわけではないが、人間らしからぬ体温になりつつあった。

赤子の頃はルイの指をしゃぶってンクンクと吸っていて、手も口も驚くほど温かったのに、早くも吸血鬼の子供らしくなっている。

――すでにもう、貴族のオーラが見える……。

ルイは無意識に口元を綻ばせ、手首に牙を立てるノアを見守った。

肌に触れる唇は柔らかく、上から見ていると伏せた睫毛がとても長い。咬みつかれて皮膚を破られる痛みなど、忘れてしまうくらい可愛い息子だった。

――産まれてきた時は、少しも嬉しくなかったというのに……。

自分にとって愛する我が子は、紲との間にできた子だけだと思っていた。それが今では情が移り、紲に申し訳が立たなくなっている。それと同時に、ノアを自分の身代わりとして女王に献上することに関しても罪悪感を強めていた。幼い今はまだ何もわからず、女王を養母として慕っているらしいこの子に、つらい思いをさせたくない。それくらいなら自分がこのまま引き受けたい気持ちと、一日も早く紲の傍に行きたい想いが拮抗《きっこう》している。

「――っ、ん……」

ルイの手首に唇を押し当てていたノアは、しばらく血を吸ってから傷口を舌で圧迫した。

自然に傷が塞がるまで待ち、皮膚に付着した血をすべて舐め取って顔を上げる。

これで今日は終わり……もう一度視線を合わせ、「ありがとうございました、父上」と言っているような目で見つめられるだろう。毎晩その繰り返しだった。

「父上……父上と、お呼びしてもよろしいですか？」

「！」

突然声をかけられ、ルイは耳を疑う。

ノアの声をまともに聞いたのはこれが初めてで、驚きのあまり即答などできなかった。頭の中では「もちろんだ」と答えているのだが、動悸《どうき》が激しくなって、結局「ああ……」としか言えない。声にまで緊張《きんちょう》が表れてしまう。

「今日は私の十歳の誕生日なので、義母上《ははうえ》から父上と言葉を交わす許可をいただきました」

「そうか……」

話せるなら伝えたい想いがたくさんあったはずなのに、突然のことに感極まって何もかもが飛んでしまった。それでも体は滑《なめ》らかに動き、少年の頬に触れる。ずっと触りたかった頬だ。人間よりは冷たいが、ルイに比べたら温もりがあった。そして肌がとても柔らかい。極上の絹肌はミルク色で、赤みの強い唇はジュレのように艶《つや》やかだった。

「私は、父上に似ていますか？」

触れていた頬が動き、見つめていた唇が開く。声は高く、美しいフランス語を話していた。

ルイはいつまでもノアに触れていたかったが、こうしていると紲と紲の子に申し訳ない気がしてきて、名残惜《なごりお》しく手を引く。どちらも可愛い我が子ではあるが、何よりも大切なのは紲だ。

「――ああ……もちろん、とてもよく似ている」

「ありがとうございます。私は一日も早く父上のように美しくなりたいのです」

ノアは微笑みながら言ったが、その笑みは子供らしいものではなかった。どうしたら他者の目に自分がもっとも魅力的《みりょくてき》に映るのかを、知り尽くしたうえで実践《じっせん》しているように見える。

「……でも父上とは違って、私は心を籠めて義母上にお仕えしたいと思っています」

「――っ」

「それには父上の姿を完全に写し切らなくてはなりません。同じ姿と声で、義母上を喜ばせて差し上げたいのです。すべてを手に入れるまで、あと八年。とても長い時間です……」

ノアが何を考えて生きているのか、どういった性格の持ち主なのか――これまで知る機会のなかったルイは、予想外の言葉に愕然《がくぜん》とする。いつの間にか自分自身の幼少期を重ね、繊細《せんさい》で大人しい少年というイメージを描いてしまっていた。母親想いなところや一途《いちず》な面は似ているようだが、ノアが想っているのは実母ではない。そして今は母親の立場を取っている女王は、いつの日かノアを愛人にする気なのだ。そう考えると空恐ろしくて、肌が粟立ってくる。

「先日、スーラ城に行きました」

「城に……？」

「はい。城内は虜ばかりでしたが、跳ね橋《ばし》の外の屋敷に使役悪魔が居たので会いました。私が一族を継承する日を、心より待ち望んでいると……口々に言っていました。父上は下級淫魔にうつつを抜かして血族を増やす義務を怠《おこた》ったので、私に期待しているようです」

淡々《たんたん》と語るノアを前に、ルイは絶句《ぜっく》する。眷属に陰で何を言われようと一向に構わないが、祭り上げられて育つノアの行く末が心配でならなかった。このままでは誰からも称賛《しょうさん》されつつ、誰からも愛されない孤独な主《あるじ》になってしまう。状況は自分以上に悪く思えた。

「あの屋敷に居た者達は皆、私の兄ということになりますが、所詮《しょせん》は赤眼《あかめ》に過ぎません。私はスーラ一族のためではなく、義母上のために行動します。義母上が血族を増やせと仰《おっしゃ》るなら、その通りにするだけのことです」

「……随分と、女王に心酔《しんすい》しているのだな」

「義母上が一番……誰よりも私を愛してくださいますから。もちろん父上も私を愛していますよね？　父上の瞳は毎晩ここで私に愛を語りかけてくださいました。世界で一番、私のことを愛していると――」

ノアは当然だとばかりに言質《げんち》を求め、耳触りのよい言葉を期待して口端を上げた。

女王の寵愛《ちょうあい》を一心に受けて育ち、王子だの殿下だのと呼ばれて傅かれているのだから、自信《じしん》過剰《かじょう》で傲慢《ごうまん》になるのも無理はない。これは自分の咎《とが》であり、ノアが悪いわけではないのだ。

――私は、この子のためにどうしたら……。

ルイは戸惑《とまど》い、鉄格子の中にある己《おのれ》の立場を顧《かえり》みる。

今夜は特別だが、普段は言葉ひとつ交わすことを許されない身だった。

過酷な宿命の下に自ら引きずり込んでしまった我が子に、愛だけを語りたい想いはある。

そして憎まれたくない気持ちもある。けれどこの子を本気で叱《しか》ってやれるのは、実の父親である自分しかいないのだ。たとえそれが、愛情として受け入れられなかったとしても――。

「父上、どうかしたのですか?」

「ノア、私は確かにお前を息子として愛しているが、私にとって愛する者はお前一人ではない。自分が誰かの一番だと思い込むのはやめろ。その驕《おご》りは大切なものを遠ざけるだけだ」

「――っ、ぅ」

「お前が考えているよりずっと、誰かの最愛になるのは難しい。相手のことを思いやって愛し抜き、数々の苦しみに悶《もだ》えた後で、相当に運がよければ叶う。そのくらい貴重なものだと思え。女王の威光《いこう》により得られるものに惑わされ、自分を見失ってはならない」

ルイが言い終えるや否や、ノアは柳眉《りゅうび》を逆立てて拳を握り締める。

憤《いきどお》りを抑えて黙り込むかに見えたが、少し間を置いてから顔を上げた。

これまで一度も見せたことのない、我の強い表情を向けてくる。プライドが高く、自己愛に満ちているのがありありとわかる顔だった。

「父上、私は……っ、なんでも一番がよいのです。父上が私を最愛の存在ではないと仰るなら、父上は私の敵《てき》ですっ」

「ノア……」

「血と力だけをください。他は勝手にします。では失礼っ」

ノアは激昂《げっこう》に震える声で言い切ると、格子の前で踵《きびす》を返す。

赤絨毯の上を、ヒールの高い靴でカツカツと歩いていった。感情的になりながらも胸を張って闊歩《かっぽ》する姿は、誇り高い貴公子そのものに見える。すぐ後ろを新貴族がついて行ったために見えにくくなったが、ルイの視線は最後までノアの背中を捉え続けた。

――この十年、私の心の拠《よ》り所《どころ》になっていた……失いたくない存在だった。だが明日からはもう、視線を交わして語らうこともないのだろう。先はまだ長いのに……。

また独りになってしまった――そう感じると胸が軋《きし》む。高慢《こうまん》な態度を取られたからといって、可愛い跡取り息子であることに変わりはないのだ。憎むべきは罪深き己と悪しき女王であり、ノアの未来を憂《うれ》えずにはいられなかった。

――私が紲の子以外に心を寄せたりした罰だろうか？　紲、許してくれ……あの夜に聞いた愛の言葉や、喜びの胎動を思いださない日は一日もない。元気に力強く脈打っていたあの子は、息子だったのだろうか……それとも娘か？　お前と蒼真に育てられているなら、生真面目《きまじめ》で意地《いじ》っ張《ぱ》りな子か、自由奔放《じゆうほんぽう》で気まぐれな子にでもなっているのだろうか……。

ルイはいつものように紲に話しかけ、答えを想像する。

解放される日まで、約九年。ようやく半分以上が終わった。

耐え抜けばまた会える。健《すこ》やかに育っているであろう我が子にも会える。

――紲……お前の声が聞きたい。お前を見つめ、匂いを嗅ぎ、肌に触れて……。

ルイは鉄格子に背を向けると、豪奢《ごうしゃ》な牢の中を見渡す。

あまりにも孤独で頭がおかしくなってしまったのか、時折紺の幻影《げんえい》を見ることがあった。

椅子の上に、或《あ》るいはベッドに……紺が居て笑っている。声が聞こえることもしばしばあり、その声に連動して幻影の唇が開くのだ。「ルイ……」と、名前を呼んでくれる。

『──愛してる』

今は声だけが聞こえてきた。

紺が衝立の向こうのベッドに寝ている気がして、ルイは無心に駆け寄る。

音がするほどの勢いで衝立を退かすと、辛うじて隠されたベッドの全貌が見えた。

そこに紺は居ない。幻影でもいいから見たかったのに、それすらも今夜は見えない。ただ、声だけはもう一度聞こえた。

『愛してる』

それは紛れもなく過去に聞いた言葉だった。

罪を犯した罰として服役《ふくえき》しているに等しい二十年……紺が聞かせてくれた愛の言葉を励みに、自分は罪を償《つぐな》わなければならない。刑期を終えた後に必ずもう一度聞けると信じて──ルイは瞼《まぶた》を押さえ込む。『愛している』と返しながら、愛しい人を想い続けた。

# 9

午前九時――週のうちに三日、紲はこの時間になると馨の居場所を調べる。

携帯電話の防犯サービスアプリを開いて、馨が高校に行っていることを確認した。

よからぬことをする時は居場所を探索《たんさく》されないよう許諾《きょだく》を解除することもある馨だったが、学校に行く時は探索できる状態にしてくれている。

馨は全身に結界を張っているため魔力の漏れが一切なく、こうでもしなければどこに居るかわからないのだ。もし学校に行った振りをして家の中や森に隠れているとしたら、紲はとても困ることになる。

――ごめんな、こんな親で……。

携帯をサイドボードに置いた紲は、朝の光が射し込む自室のベッドに横たわった。

必要性があろうとなかろうと恥ずかしいと感じる行為のために、黙々とシャツを脱ぐ。

そうしながら、部屋の扉に鍵《かぎ》がかかっていないことを確認した。

――日中は恥ずかしさも倍増するんだけど……。

紲は人間の姿のまま下に穿《は》いていた物をすべて取り去り、開いたシャツ一枚の姿になる。

夏用のタオルケットを捲って中途半端に潜《もぐ》りながら、胸の突起に触れた。もう片方の手では萎《な》えた性器を摑み、少しずつ扱《しご》き始める。

「――っ、ん……ぅ」

屋敷内に馨が居なくて蒼真が居るという状況で、紲はこうして自慰《じい》に耽《ふけ》る。

飲精行為は、吸血鬼以外の悪魔にとって当たり前に行われるものだった。

吸血鬼は代用食で賄《まかな》うことができないので人間の血液を吸って生きるが、獣人は人間の肉を食べなくても代用食で生きていける。

ルイが必要なのは血液のみ、蒼真が必要なのは獣肉と人間の体液、そして紲は性分泌液《せいぶんぴつえき》――種族によって求める養分に違いがあった。きちんと補わなければ体が衰弱《すいじゃく》するより先に理性を失い、行動の抑制ができなくなる。蒼真が我を忘れれば人間を殺して肉を喰らってしまうし、紲が清く生きようものなら、淫毒《いんどく》を垂れ流して人間を狂わせてしまうのだ。

「は……っ、あ……」

六畳間の小ぢんまりとした寝室には、朝摘みの薔薇と紲が作った香水の香りが満ちていた。

新鮮で高雅《こうが》な香り……温度が高まることによって立ち上るのではなく、冷気に乗って静かに広がる香りだ。ルイの香りそのものとは言えないが、思いだすのに十分な香気ではある。

「……っ、ぁ……！」

香りを運ぶ最上のムスクの力が、紅薔薇にさらなる艶を加えていた。

ムスクは本来、鹿《しか》が雌《めす》を誘引するための香りだが、紲はその力に引き込まれてしまう。雄《おす》であるにもかかわらず、後孔が蜜《みつ》濡《ぬ》れるほどだった。卑猥な音を立てて性器を扱きながら乳首を摘まんで弄《いじ》り回し、我慢できずに体を裏返す。腰を少し持ち上げて、後孔の表面を指で撫《な》でた。

「——っ、ん……」

以前は後ろまでは弄らずに済んだのに、今はこうして慰めなければ耐えられない。

目を閉じて頬を枕に寄せながら、覆い被さるルイの姿を妄想する。両手で腰を摑まれる時の感触、その手の温度……甘い囁《ささや》き——。

『愛している』

ルイの声が聞こえてきて、紲はびくんっと腰を震わせる。

指を二本揃《そろ》えて後孔に挿入《そうにゅう》し、物足りなさを感じながらもヌプヌプと出し入れした。

淫魔に変容しなくても人間よりは濡れる体から、とろりとした蜜が溢れだす。内腿《うちもも》を撫でるように落ちていき、ぞくぞくする快感に震えた。

「……は……っ、あ……っ」

ルイの怒張は、脈打っていても冷たい。それが自分の中で同じ温度になっていく過程が好きだった。最後には摩擦《まさつ》によって熱を帯び、紲の体以上に熱くなる。

燃えるような昂りに、腰骨が痛くなるほど激しく突き上げられたかった。

身を反《そ》らし、自分の指で前立腺《ぜんりつせん》をぐりぐりと刺激しながら強めに突いてはみるものの、あの悦《よろこ》びには到底及《およ》ばない。腰骨どころか背中や首まで軋みそうな抽挿《ちゅうそう》……体の奥の奥に注がれる重たい精液、ルイの香り、ルイの声――懐かしいと思うほど遠い過去だった。それでも容易に思いだせる彼のすべてが、背後から迫ってくる。

「……んっ、は……っ、ぁ……！」

ズプズプと指で後孔を突きながら、紲は屹立《きつりつ》を搾《しぼ》る。ぎゅっと圧迫しておかないと、今にも達してしまいそうだった。

まるで昨日のことのようにも思えるルイとの情交に、体だけではなく心が舞い上がっていく。

普段は長かったと感じる時間が、こうしている瞬間は一気に縮《ちぢ》まって感じられた。長かったのか、短かったのかわからなくなる曖昧《あいまい》な感覚……今日で十九年――。

――あと一年……あと一年で……っ……ルイに……！

あと一年、ようやくここまで来たのだ。あと一年でルイに会える。

声を聞いて香りを嗅いで、抱き締めることも抱き締められることもできる。

解放されたら、なんだってできるのだ。もう逃げ回る必要はなく、他者を傷つけることもない。すべて終わって思う存分見つめ合い、唇を重ねて舌を吸い、指を絡ませ体を繋《つな》げて、血と精液を交わし合うこともできる。たとえ残り百年の命だとしても、ずっと一緒に生きていける――。

「――っ、う……っ！」

紲は仰向《あおむ》けになって腰を突きだしたまま、掌に吐精《とせい》する。

迸《ほとばし》る精を一滴《いってき》も零《こぼ》さないように右手の中に閉じ込めて、突《つ》っ伏《ぶ》せたくなる体に力を籠めた。今にも脱力しそうだったが、小刻みに息をつきながら体を横向ける。サイドボードに置いてある皮膚洗浄綿に視線を向けて、手が足りないので悪魔化した。

双丘の上が焼けるように熱くなり、そこから黒い尾が生えてくる。利き手以上に器用な尾を使って、濡れた洗浄綿を摘まんだ。高圧蒸気滅菌《こうあつじょうきめっきん》を施されたそれで、左手と体を速やかに拭《ふ》く。

右手は動かさないよう気をつけながら、寝間着のズボンを手繰《たぐ》り寄せた。何をしていたのか隠せるとは思っていないが、簡易的にそれだけは穿いて、呼吸を整えながら待つ。

『――紲……もういい？』

頭の中に直接、蒼真の声が響いた。紲が身を起こしてから、数十秒と経っていない。豹の耳には余程よく聞こえるのだろう。タイミングは、いつも合い過ぎるほど合っていた。短く返事をすると、レバータイプのドアノブが下がる。扉が開き、真っ先に見えてきたのは豹の髭《ひげ》だ。続いて、体軀《たいく》のわりには小さめの頭が見えてくる。人間の精液の匂いを嗅ぎつけた鼻は、どことなく嬉しそうにひくついていた。

『もう変容してるんだな』

「ああ……うん」

それしか答えられなかった紲の傍まで、豹の蒼真はのしのしとやって来る。

実際には足音など立てない、軽やかでありながらも風格のある歩きかただ。

二メートル足らずの黄金の豹がベッドの横に来ると、紲は右手を差しだす。

蒼真が人間と共存していくために必要な体液を零さないよう、指と指の間に力を入れ過ぎていた。おかげで少し痺《しび》れて、手が震えそうになる。

『いい匂い……』

蒼真は紫の瞳を輝かせながら、満足そうな声を出す。

耳で聞こえる声は「クゥー」といった具合で、やや甘え調子だ。

豹の蒼真は大きなピンク色の舌で紲の掌を舐め、あっという間に白濁《はくだく》を拭っていく。指間《たなまた》をしつこく舐め回す様は、彼の淡白《たんぱく》な性格とは別物だった。食欲は凄まじいものがあり、精液を舐めているうちに瞳が爛々《らんらん》と輝くのも、栄養補給による効果だけではないのだ。もっともっと人間を味わいたくて堪らない蒼真の本能が、蠢《うごめ》く舌に表れている。

「蒼真、手が痛い……」

すでに淫魔に変容していた紲は、尾を使って豹の背中をパシンッと打つ。何しろ豹の舌は紙ヤスリのようにざらついていて、同じ所を何度も舐められると痛いのだ。

蒼真は一旦《いったん》身を引くと、満足した様子で「ウーッ」と伸びをする。前脚を揃えて突きだし、頭は伏せて尻を上げた。まるで先程の紲のような恰好だ。いきなり変容することもできなくはないのだが、獣人は体の変化が大きいだけに、こうして骨や筋肉を伸ばして、よく馴染《なじ》ませてから変容するほうが楽だった。

「――今日はまた一段と薔薇の匂いが凄いな」

「そうだな、少しやり過ぎたかもしれない」

「十九年目の日だから？」

「というよりも、あと一年の日だから」

人間に変容した蒼真は、ベッドの上でも四つん這《ば》いになる。

変容時に豹の持つカラーからどれでも好きな毛の色を選べる彼は、最近よく黒髪にしていた。今も黒髪で、眉も睫毛も艶のある漆黒《しっこく》になっている。如何《いか》にも毛並みのよい豹が、そのまま人間に変わった風情《ふぜい》だ。黄金の豹よりもむしろ、馨の変容時のような黒豹を彷彿《ほうふつ》とさせる。

「覚えてたんだな、そういうのすぐ忘れそうなのに」

「あんまり興味ないことは忘れるけど、これは違うからな」

蒼真の言葉に、紲は枕に寄りかかったまま苦笑した。

今度は自分が精液をもらう番で、自慰が終わるのを黙って待つことになる。

「――ッ……」

蒼真は紲の体に覆い被さるようにしながらも、体には触れなかった。紲の肩の上にある壁に手をついて、自分の雄を扱いていく。相手を感じさせてはいけない――それが二人のルールだ。最初の六十五年、そのあとの十九年、きちんと守られてきた約束だった。飲精行為を、生きるための食餌として割り切ることができたから、今でも親友として一緒に居られる。

「……紲、そろそろ……」

マットに両膝をついて前屈《まえかが》みになっている蒼真に、紲の視線はほとんど合っていなかった。

見ていたのは正面の壁で、そこに蒼真の黒髪や背中がちらちらと入ってくるに過ぎない。

それでも顔は近く、揺れる髪が時折耳に触れた。なんとなく、勘違《かんちが》いしそうになる。

——ルイ……。

彼との情交の時も、こんなふうに黒髪が耳を掠《かす》めた。もしも体臭が同じだったら、混同して抱きついてしまうかもしれない。

「紲……っ、イク……ッ」

蒼真は低く呻くなり身を起こし、紲は首を伸ばして口を開いた。威容を誇る雄が、長い指で大きく擦《こす》り上げられる。劣情《れつじょう》は青く香る怒濤《どとう》となって、紲の舌を打った。

「——っ、ん……っ！」

本能にはある程度まで従いながらも、紲は蒼真に触れたりはしない。吸いついて管《くだ》の中まで吸い上げたくなる欲求を抑え、口に注がれる物だけを飲み干した。

それでも蒼真には欲深さが伝わっている。彼自身も同じだからわかるのだろう……いつものように根元から手で搾り上げ、最後の一滴まで押しだしてくれた。それが舌先に落ちる頃には、体中に力が漲ってくる。

「……は……ん……う……っ」

魔力は強まることで安定し、制御しやすくなるものだった。さらにはこうして飢《う》えを満たすことも重要で、落ち着いていればいるほど淫毒の流出を防ぐことができる。人間の多い場所に行っても襲われずに、人として過ごせるのだ。

「ふう……」

蒼真は裸《はだか》のまま息をつくと、紲のベッドの上で仰向けになる。あられもない姿なので、黒い繁《しげ》みまで丸見えだった。金の時よりもインモラルに見える。枕に散る髪も黒、眉も睫毛も黒、こうして同じ顔でカラーチェンジをするとよくわかるが、黒はやはりインパクトが強い。金の時よりも目力が増すせいか、視線を外せなくなった。

「最近黒にしてばかりだな、髪」

紲はベッドの端で丸まっていたタオルケットを広げ、蒼真の下半身にかける。

一日に何度も変容する蒼真は、家ではバスローブやガウン一枚で過ごすことが多く、全裸を見られることに抵抗がなさ過ぎた。紲としては、こんな時でも終わったら股間《こかん》くらいは隠して欲しいと思うのだが、いちいち言わずにタオルケットをかけて終わる。

「俺が黒髪だと気になる？」

「金髪が長かったからな。あれが一番お前らしい気がする」

「黒でも金でも茶でも、あと腹毛の色で白にもできるけど、生来は黒なんだぜ」

「知ってるけど、金髪が気に入ってるんだと思ってた」

「気に入ってたよ。けど馨にも気に入られてたから、変えたほうがいいかなって」

ぎょっとするようなことをいきなり語られ、紲は言葉を失う。

口が滑らかに動くなら、「それはどういう意味だ？」と即座に問いそうだったが、訊けなくてよかったと思った。訊くまでもなく、答えはわかっている。

「ごめん……またしつこくしたんだな？」

「いや、特に何かってわけじゃないけど、最近ちょっと視線が気になるっていうか……わかるだろ？　我が子同然に可愛がってきた奴と変なことにはなれないし、俺は子作り以外の交尾は無理。先手を打って好みから外れておかないと」

「ああ……そうだな……」

「髪色ひとつでどうなるもんでもないけどな。ただ、その気がないってオーラを出しとくのは大事だろ？　いっそ白髪にでもしようかな？」

「――っ、いや、あれは似合わないからやめたほうがいい」

「あ、今ちょっと傷ついた。やってた時は言わなかったくせに」

蒼真は笑いつつ俯せになると、シーツをカリカリと引っ掻きだす。

紺碧だった瞳は紫になり、人型のまま犬歯が伸びていた。これはかなり珍しい状態だ。

あまり悩んだり迷ったりする性格ではないのだが、今は何かしら思い切れていないところがあるらしい。おそらく、向けられる好意をあえて躱《かわ》すことが本意ではないからだろう。

「蒼真、大丈夫か？」

「俺は平気だけど、アイツはなんかムラムラしてるみたいだな」

「ムラムラ……」

「要するにあれだ、人間の番《つがい》を作ればいいんだよな、馨が。そいつをヴァンピール化させて、セックスの相手もさせればいい。そうすれば丸く収まるだろ？　豹の俺はライナスの毛布じゃないし、人間の俺は女じゃないんだ。ついでに俺の眷属はアイツの性処理の道具じゃない」

「ごめん、それについては申し訳なく思ってる。一生一緒に居たいと思えるくらい好きな人が早くできればいいんだけどな……相思相愛《そうしそうあい》で、男で、不老不死の番になってくれる相手……」

紲は蒼真の隣で溜め息をつき、特殊過ぎる我が子の将来に想いを馳《は》せる。

馨は男も女も抱けるらしいが、女を抱く場合は受胎能力のない使役悪魔の女でなければならないため、馨の相手は専《もっぱ》ら蒼真の眷属だった。馨に血液を提供しているのも、主に彼らだ。

しかし感情や意思があって肉体関係も結べる番となると、それは人間の男に限られることになる。馨が人間の女を抱くと混血の貴族悪魔が産まれるうえに、男の馨では女王のように性別産み分けができないからだ。女貴族が産まれれば、そこから新たな純血種が誕生しかねない。

さらには貴族悪魔の男も論外だった。ルイ及び蒼真のような血族の貴族悪魔なら問題ないが、馨が血の繋がらない貴族悪魔と長期間一緒に居ると、相手はいずれ女性化して女貴族になってしまう。ましてや性的な関係を結べば、より確実に性別転換が起きる可能性が高かった。

「難しいな……使役悪魔は従順過ぎて満たされないだろうし。際限のない命を持ってるだけに、信頼し合えるパートナーが必ず必要になるのに……」

「ルイさえ帰ってくれれば俺に関しては一区切りつきそうだけどな。自分の息子が俺とどうこうなんて、アイツは絶対許さないだろ？　徹底的《てっていてき》に邪魔《じゃま》して妙《みょう》な熱を冷まして欲しいよ」

「それはどうだろう……ルイは馨の気持ちを優先しそうな気がする。お前を説得したりして」

「いやいや、ないない、それはない。どう説得されたって俺に男色は無理だし。魔族にとって父親は絶対なんだから、鶴《つる》の一言でビシッと言ってもらわないと。……けど一番いいのは早く相手を見つけることだよな。この際誰でもいいからさ、バイト先とか学校でいないのかな？」

「余計なお世話みたいなこと言って……まるで普通の伯父さんだな」

「しょうがないだろ。身内にムラムラされんの嫌なんだよ」

「うん、わかる……俺もそうだったから」

「あ……悪い。嫌なこと思いださせた？」

「平気。大昔の話だし」

蒼真は改めて「ごめんな」と言うとポフッと枕《まくら》に顔を埋め、人型のまま爪を伸ばす。背中には豹の斑紋《はんもん》がわずかに浮かび上がっていた。変容する気があるのかないのかわからないが、中途半端な状態になっている。

「あ、そうそう。ルイが帰ってきたら俺は出ていく予定だから。三人で仲よく暮らしてくれ」

「……は？」

「次はどこに行くかな。できれば日本がいいけど……久しぶりに祖国に戻るって手もあるな。

あー……でもやっぱ危険か、密猟者《みつりょうしゃ》とか居るもんなぁ」

「ちょっと待ってくれ。何を急に……」

蒼真が勝手に話を進めるので、紲は慌てて身を乗りだす。

ルイと蒼真は血族ではない貴族同士なので、性別転換を避けるために離れていなければならない事情がある。そのため紲の頭の中では、ルイと自分が同居し、蒼真と馨が教会の戸籍《こせき》通り親子として同居して、行き来しながら暮らすという構図がいつの間にか出来上がっていた。

馨が東京の大学に行きたがっていることもあり、残り寿命からしてもその分かれ方が自然に思える。継承後のルイの寿命は紲と同じ百年程度。蒼真は約九百年、馨は無限だ。

「まあ、それもこれも全部ルイがちゃんと帰ってきたらの話だけどな。女王が約束を守らない場合は馨を擁立してクーデターを起こさなきゃならないわけで、そうなると話も違ってくる」

「最悪のケースは別にして……っ、ルイが帰ってきたら独りでここを離れるつもりなのか？」

「俺は日本が好きだけど日本じゃなきゃダメってわけじゃないし、なんたって紲には薔薇園があるだろ？　ルイはお前と一緒ならどこでもいいと思うから、ここで暮らせよ」

「蒼真……」

紲の思い込みなのかもしれないが、蒼真は少しばかり淋しそうに見えた。

重たげに瞼を閉じた彼は、剝きだしの肌に斑紋を一気に浮き上がらせる。

器用にも、寝たままの姿勢で変容してしまった。豹に戻ってもベッドから下りることも目を開けることもなく、タオルケットを被った状態で丸くなる。ここで眠る気のようだった。

巨大な豹は人間の蒼真以上に場所を取ったが、紲は離れることなくむしろ近づく。

獣の姿なら抵抗なく触れることができた。抱き締めても唇が当たってしまっても構わない。

今から一年後……ルイが帰ってくるのは何よりも嬉しいけれど、この感触や茉莉花の香りと離れ離れになるのかと思うと、胸に隙間風が抜けるように淋しくなった。

「蒼真……こういうことは一年後に言うべきなんだろうけど、俺は……お前と暮らせて本当によかったと思ってる。十九年前……最初はつらかったし、お前にも酷いこと言ったりしたけど、お前がいなかったら何もできなかった」

紲は寝ている豹に抱きついたまま、首から腹にかけてを強めに撫でる。

寝たふりを続ける蒼真は、それでも「グゥー」っと鳴いて首を伸ばした。

もっと撫でろと言わんばかりに自分から首を押しつけてきて、太い尻尾《しっぽ》を宙に舞わせる。

「――お前には、感謝してるんだ……本当に……」

馨を身籠《みごも》ったために、ルイが自分を置いていった十九年前……紲は蒼真に説得されて京都を後にし、軽井沢に戻ってきた。それから先のことは曖昧《あいまい》で、所々記憶がない。

馨は二キロにも満たない卵の状態で分裂したので、出産とはだいぶ違っていて、母子の絆《きずな》のようなものはほとんど感じなかった。蒼真から聞いていた以上に分裂時の痛みが激しく、腹を内側から切り裂かれた衝撃ばかりが印象に残っている。

卵が日々巨大化して孵化《ふか》し、自分によく似た赤ん坊が出てきた時は少なからず感動したが、可愛いがりたい気持ちと、情を持ちたくない気持ちが鬩《せめ》ぎ合っていた。

――あの頃はルイを取り戻すことしか考えられなくて……女王が憎くて憎くて狂いそうで、馨を最終兵器として育てようと思ってた……蒼真の提案通りに……。

腹の中に居る子供を、ルイ奪還の道具として捉えなければ正気でいられなかった自分と……そう考えるよう導いてくれた蒼真。あの時の自分に必要だった行動根拠を、彼は的確な判断で与えてくれた。いずれは可愛くて堪らない存在になることも、最初から読んでいたのだろう。

『紲……俺は、お前が好きなのかな？』

蒼真は豹の姿で一見すやすやと寝ているように見えたが、頭の中に語りかけてくる。

目で見ているものと聞こえてくるものが違っていて、紲は妙な気分になった。蒼真の質問も、答えるべきものなのか、本当に意味のある言葉なのかわからない。

『身内の雄とやるって状況を考えてみた時に、お前とならできるかもって思った。こんなこと言うと警戒《けいかい》する？』

蒼真の声は苦笑気味だった。寝ている豹も目を開けて口を歪《ゆが》める。

蒼真らしい皮肉っぽい笑みだ――豹になっても彼だとわかる。

「警戒なんかしない。動揺すらしないな。それくらいの余裕はできたから」

『さすがオカアサン。母は強しだ』

「いや、俺もお父さんだから」

紲が笑いながら答えると、豹もフッと息を抜いて笑う。

起きるのも早いが寝入るのも早く、目を閉じるなり再び眠ってしまった。紲のベッドで寝ることなど滅多《めった》にないのに、今はここがいいらしい。

──お前はこうやって、ただ普通に一緒に居たいんだよな。俺とも馨とも仲よく暮らして、気まぐれにじゃれ合ってみたり、誰にも邪魔されずに独りで過ごしたり……。

紲は脚に絡《から》んでくる尾をそのままにして、豹の首を撫で続けた。

蒼真は単独行動を好みマイペースではあるが、構われたがる時が皆無《かいむ》というわけではない。しかし自分が気乗りしない時は、姿を暗ましてでも他者との接触を断つタイプだった。その距離感を摑み、無理なく過ごせる相手でなければ一緒にやっていくのは難しい。

──馨が本気にならなきゃいいけど……蒼真に拒絶《きょぜつ》される姿なんて見たくないし……。

思い起こせばいつも、本当に必要としている時は頼まなくても傍に居てくれた蒼真に、紲は心安く過ごせる時間を提供したかった。誰かに踏み込まれることも荒らされることもなく、彼らしくいられるのが一番だと思っている。だからどうか今のまま、仲のよい伯父と甥でいて欲しかった。

馨が学校から帰ってくる前に蒼真は狩《か》りに出てしまい、そんなことが馴《な》れっこになっている馨は、いつも通り「ただいま」を言いに紲の部屋にやって来る。

玄関扉が開いたと同時に紲が廊下に出たので、途中で顔を合わせる形になった。

これもほぼ通常通りだ。紲には馨の居場所がわからないが、馨には紲の居場所がわかるので、どこに居ようと帰宅時はだいたい声をかけてくれる。

「紲、これあげる」

廊下でお決まりの挨拶《あいさつ》を交わした後、馨は茶色い紙袋を差しだしてきた。

無心で受け取って「何？」と訊くと、「お土産《みやげ》」と返される。

よくよく見れば、旧軽銀座にある洋菓子店の袋だった。フルーツタルトの名店で、紲が気に入っていて時々購入している。いつもはカットされた物を少し買うだけなので袋も小さいが、馨から渡された紙袋は彼が持つ学生鞄《かばん》よりも大きかった。

「フルーツタルトの匂いがする。桃《もも》の……それも三種類の桃と生クリームがたっぷりだ」

「見なくてもわかるのがさすがだよな。桃のフェアやってたんだ。好きじゃん？」

「う、うん……好きだけど」

ルイや蒼真と同じくらいの体格に育った馨は、それでも紲によく似た顔で笑う。

見ず知らずの他人には、やけに体の大きな弟と、平均サイズの兄といった見方をされていた。

雰囲気的に紲のほうが年上に見られているが、そのうち逆転する日が来そうだ。

「これホールじゃないか？　なんだってこんなに大きいのを？」

紲は紙袋の中の巨大な箱を見下ろし、目を瞬《しばた》かせる。馨が学校帰りに何か買って来ることは間々あったが、馨自身は甘い物を特別好まない。紲は小食、蒼真も肉以外はあまり食べないので、このサイズは甚《はなは》だ疑問だった。

「父さんが帰ってくるまであと一年だろ？　お祝い的なもんだよ。俺も桃好きだし、余ってもちゃんと食うから平気だって」

馨は紲よりもだいぶ上にある顔を上向きに反らし、にまっと笑う。

制服の白いシャツはボタンがいくつも開けられていて、そこから覗く鎖骨や伸ばされた首は、如何にも男の物だった。いつの間にやらすっかり大人になってしまい、頼もしくも少し淋しく感じていた紲だったが——今は「頼もしい」の割合が一気に増える。

「ありがとう……そんなふうに考えてくれるなんて思わなかった」

「そう？　俺だって父さんに会いたいよ。紲の描いた絵でしか見てないし、昔っから超カッコイイとか滅茶苦茶綺麗《めちゃくちゃきれい》とか聞かされてたからさ、なんかもうハードル上げまくり」

「大丈夫。どれだけ上げても実物は余裕で越えるからな」

「惚気《のろけ》過ぎだろ」

馨は呆れ顔で笑い、紲もまた笑う。

我が子であり、そして魔族の中の魔族だとわかっていても、太陽のように眩《まぶ》しく見えた。

学校での成績は悪くないが素行は悪く、ピアスを開けたり派手なタトゥーを入れたり、よくわからないアルバイトを勝手に始めてみたり、夜中に抜けだして蒼真の眷属宅に通ったりと、感心できないところも多々あるのだが、紲にとっては優しい息子だった。男としては些《いささ》か複雑ではあるのだが、母親として大事にされているのがよくわかる。

「お茶を淹《い》れるから早速食べよう」

廊下で立ち話をしていた二人はダイニングに移動し、紲は紅茶の用意をした。

馨はタルトの箱をテーブルの上に移して、崩さないよう気をつけながら取りだす。

白、黄色、ピンクの三種の桃を使ったタルトは実に豪勢《ごうせい》な品で、スライスされた桃が、これ以上は一枚も載せられないくらいの密度で並べられていた。

紲は携帯で何枚か写真を撮ってから、十二切れにカットし始める。

こういった作業は得意なつもりだったが、今日は特別綺麗に切ろうと意識し過ぎて緊張してしまった。温めた波刃のロングナイフを丁寧に入れ、最後はケーキサーバーで取り分ける。

「――うん、やっぱ美味い。そう言えば父さんて桃とか食べれた?」

「……ルイ? ああ……大丈夫だった。桃はかなり気に入ってたな」

「へぇ、意外。ワインとパンばっかだと思ってた。フランス人だし」

「もちろんワインやパンが好きだけど、淡白《たんぱく》で新鮮《しんせん》なチーズとか、果物やチョコレートもよく口にしてた。パリで買ったチョコレートキャンディーを気に入ってたな……果物は桃と葡萄《ぶどう》が特に好きで……あと、林檎《りんご》のコンポートも……」

「ああ……林檎ねぇ、そりゃ好きだろ」

紲は馨と向かい合って桃のタルトを味わいながら、皮肉っぽい笑みに面映《おもは》ゆくなる。

林檎は罪の果実——魔族にとっては淫魔の代名詞のようなものだ。そして紲が大切に育てている薔薇は吸血鬼の代名詞なので、馨にしたら茶化したくなるのだろう。

「これ……いくらお前でも全部はきついよな？　俺が明日食べる分として一つ残すとして……蒼真は一つが精々だし。朝食べるか？」

水を向けた紲は、席を立って硝子製のケーキドームを棚から出す。

馨が「おめざに三個」と指で数字を示しつつ答えたので、ドームの中に五切れ移した。

馨の胃袋は人間とは比較にならず、しかも蒼真やルイほど偏食ではないので、こういう時は頼りになる。今も大きめのフォークで大胆《だいたん》に切って、次々と平らげていた。

「父さん死んだわけじゃないからお供えできないもんな。お祝いとか言っても食ってるだけ」

「それはいいんじゃないか？　こういうのは気持ちだし、俺は嬉しいよ」

「ならいいけど」

どことなく照れているように見える馨を前にして、紲は時の流れをしみじみと感じる。

ルイに置いて行かれた夏の日――あまりにも悲しい日だったはずなのに、十九年後の今ではケーキを買って祝う日になっている。馨や蒼真と共に過ごした時間が、ルイと別れた日をルイが帰ってくる日に変えてくれた。

「お前がいい子でよかった」

「……は？　俺全然いい子じゃありませんけど。紲サン親馬鹿過ぎ。今もだけどガキの頃もさ、親の大事な薔薇ズタズタにしたりして、あれのどこがいい子なわけ？　最低じゃん？」

これまで禁句《きんく》同然になっていた話をいきなり振られて、紲は耳を疑う。

確かに、薔薇園の薔薇を一輪残さず散らされたことがあった。馨がまだ五つの時の話だ。

純血種の馨が放つ血の帯は広範囲まで伸びるうえに、鋼鉄のように硬く変化する。それらが薔薇園中を駆け巡り、紲が丹精《たんせい》込めて育てていた薔薇を薙《な》ぎ倒した。

その時の無残な光景を思い返すと、今でも胸が抉《えぐ》られるように痛くなる。

純血種の吸血鬼は、攻撃力はもちろん造血能力が極めて高く、大量の血を攻撃に使いながら体内で急速に補充することができる。極端に言えば、造血が追いつく限り血を遠くまで飛ばし、遥《はる》か遠方に居る標的を血の帯で捕獲したり、刺し貫いたりできるということだ。

あれはそういった戦闘《せんとう》訓練中の事故――不慮《ふりょ》の出来事。そんなふうに考えなければ気が狂いそうだった紲は、打ちひしがれて涙し、しばらく臥《ふ》せっただけで馨を責めたりはしなかった。

「――もう……忘れてるかと……」

「いつか謝んなきゃと思ってた。ごめんじゃ済まないけど」

馨はそう言った後で、「子供だったんだ……」とぽつりと呟く。

その言葉の裏には、あれは事故ではなかったという含《ふく》みがあった。

亜麻色の睫毛の下にある暗紫色の瞳は、目が合った途端に逸らされる。

親にとって胸の痛くなる記憶は、子供にとってもつらいものだったのだろう。

紲は、本当はあの頃からわかっていた気がした。認めるのが怖かっただけで、幼い馨が親の気を引くために薔薇園をどうにかしたかった気持ちを察していて、それすらも真っ向から受け止められないほど弱かった。

そのせいで馨は、親を傷つけたという痛みを負い、叱られることさえなく、何事もなかったかのように流される虚《むな》しさを味わった。それで反抗的になるどころか、逆に紲のことを案じるようになり、子供なりに気遣ってくれていた。ぎゅっと抱きつくこともできないくらい脆《もろ》く、甘えられない相手として自分の親を受け入れ、慎重に接するしかなかったのだ。

「謝らなきゃいけないのは俺のほうだ。いつもぼんやりして、香水作りに夢中で……」

「香水っていうより父さんに夢中だったんだろ？　それはもういいんだ。この年になって色々わかってきたし、二人が熱烈《ねつれつ》じゃなかったら俺は産まれてこなかった。だいたいさ、紲が俺の面倒完璧に見てたら、蒼真は俺にもっと冷たかったよな。だからまあいいかなって」

馨は憂い顔を崩《くず》して笑うと、再び桃のタルトを食べ始める。

その姿を、紲は紅茶を注ぎ足しながら見つめていた。

蒼真につれなくされている今、思うところもあるだろうに、自分に対しては本当に優しい。

成長と共に何を考えているのかも、外で何をやっているのかもわからなくなっていくけれど、
紲には、たとえ何があろうと絶対に馨を信じ続ける自信があった。その想いはとにかく強く、
世界中の誰に対しても誇れる信念として確立している。

「はぁ……さすがに腹いっぱい。もう一個おめざに回そ」

馨はケーキドームの蓋《ふた》を開けると、箱の中にあった最後の一切れを移す。

重い話題はもう終わり、と言いたげな表情を読んで、紲はそれを冷蔵庫に運んだ。

「夕飯はどうする？　これだけ食べたらさすがにもう入らない？」

「まさか、肉は別腹だって。いつも通りでお願いします」

「そう言うと思った」

紲が笑うと、馨も笑う。二人の間で笑顔はいつも連動していた。

だからといって……馨に許してもらえたからといって、紲には忘れられないものがある。

泣き喚《わめ》く子供の声は、今でも時折聞こえてくる。忘れてなどいなかった。それでも今の馨が
笑う度に小さくなる。徐々に徐々に、遠ざかって行くようだった。

# エピローグ

午前零時《れいじ》に迫る頃、紲は独りでキッチンに向かう。冷たい水が飲みたくてグラスを手にした。

ルイに会えるのは一年後の今日ではなく、厳密《げんみつ》には解放される日が今日で、日本に到着するのは翌日になるだろうか？　その時は空港に迎えに行きたい——などと具体的なことを考えていたせいか、興奮《こうふん》して喉《のど》が渇《かわ》いてしまった。そのくらい現実味を帯びてきたということだ。

馨の千里眼でも女王の結界内に居るルイの姿を見ることはできず、蒼真が友人知人を介して情報を得ようとしても、何もわからなかった。ただ生きていることだけは確かで、紲が大切にしている誓《ちか》いの指輪には、今も揺るぎない愛情が輝いている。

——俺には指輪があるから、ルイが生きていることも、変わらない想いがあることもわかるけど……ルイにはそういった物が何もない……。

紲は使ったグラスを洗い終えると、パーカーのポケットから革製の箱を取りだした。

クッション張りの赤い箱が守っているのは、ぴたりと合うサイズの小さな硝子ケースだ。

中には指に見立てた円錐《えんすい》のスティックが立っていて、黄金の指輪が嵌っている。ホーネット教会の紋章《もんしょう》——王冠《おうかん》を戴《いただ》く大雀蜂《オオスズメバチ》と、十字架《じゅうじか》を模《かたど》った指輪だ。

その中央にはルビーが輝いている。厳密にはルビーではなく、ルイの血を魔力で固めた石だ。彼が生きていて、紲を愛している限り溶けることはない。

「……！」

その時、ダイニングの時計が電子音を立てた。

毎時鳴るわけではないが、日付が変わった時だけ鳴るように設定してある。ルイと別れた日が終わり、最後の一年が始まったのだ。来年の今日は、ルイと一緒にここに居られる。馨も蒼真も居て、きっと賑《にぎ》やかな夜になる。

——皆で過ごしながらも俺は、内心では早くルイと二人きりになりたいとか思ってたりして、それで馨にまた呆れられたり……いや、あの子はもう呆れないか……。

紲は明るいキッチンから薄暗いダイニングを眺めつつ、そこに自分以外の三人の姿を置く。顔を合わせたばかりで何を話してよいかわからず、少しぎこちないルイと馨。そんな親子をにんまりと見物している蒼真——。

テーブルにはワインと、紲が作ったパンとチーズ。ルイの好みを確認していた馨が、来年も桃のタルトを買ってきてくれて、それが真ん中に陣取《じんど》っているかもしれない。

——なんか、興奮してきた……。

紲はふわふわと浮き立つ気持ちを抑えようと、勝手口から外に出る。零時の森は静まり返り、エアコン要らずの天然の涼風《すずかぜ》が心地好く肌を撫でた。

霧不断《きりふだん》の香を焚《た》く夜の森は、鬱蒼とした木々の先がよく見えない。ただし真上だけは開いており、黄金の三日月が眩しいばかりに光っていた。逃亡中だった十九年前、ルイと京都で見た月と同じくらいの月齢だ。

「……っ！」

森の風を不意に吸い込んだ紲は、突如《とつじょ》固まったように足を止めた。

風の中に確かに、知っている香りが混ざっている。薔薇の香りだ——。

しかし薔薇園とは違う方向から香ってくる。花などないはずの門のほうからだった。

紲の部屋を満たす香水の香りに似ているが、それよりも格段に力強く高雅な印象を受ける。

——ルイ……？　ルイの香りが……っ！

微動《びどう》だにしなかった体が、無心に動きだしていた。

慎重に歩かなければ滑《すべ》ってしまう苔だらけの斜面《しゃめん》を駆けて、紲は門に向かっていく。

屋敷から門まではそれなりに離れているが、急げばそれほど時間はかからない。けれど今は果てしなく遠くに感じられる。走れば走るほど明確になっていく香りを追っていると、勝手に涙が込み上げきた。

——ルイだ……間違いない、ルイの匂いがする……！

紲は密集した松の間を走り抜け、袖《そで》でぐいぐいと顔を拭った。

夢だと疑うことはしなかった。これは紛《まぎ》れもない現実だと、類稀《たぐいまれ》な香りが物語っている。

一年早いけれど間違いない。ルイがすぐ傍に居る——。

「……っ、は……ぁ、は……っ……」

息を切らせて門まで走った紲は、霧《きり》にぼかされた車の影を捉えた。

黒塗りのリムジンが停まっている。そして車の前に、長身の男が立っていた。

霧の中でも浮かび上がる白い肌、月光を集める艶やかな黒髪、その立ち姿には気品と誇りが満ちている。実に十九年ぶりの再会——運命の恋人が、目の前に居る。

「ルイ……ッ！」

紲は蒼真の結界から出て、門の外側に立つルイに近づいていく。

ほんの数歩先に彼が居た。夢のようだけれど夢ではない。

その証拠《しょうこ》に、彼の唇が今にも開こうとしている。

「紲、久しぶりだな。元気そうで何よりだ」

ルイの声だった。本当に喋っていて、確かに耳に届く。

「ルイ……どうして……っ、もう一年あるのかと……」

「後継者が十八になり、私の姿を完全に写し取ったからな。女王陛下の恩情《おんじょう》で予定よりも一年早く解放していただけたのだ」

彼の声が聞こえ、会話が成り立っている。独りで妄想してきた会話ではなく、本当にルイと話しているのだ。

そう思うとまた涙が溢れだしそうになった。

こんなに幸せなのに泣きたくなどなかったが、瞬く間に視界が滲《にじ》んでくる。

「……っ、あ……ごめん……」

はらりと涙粒が落ちてしまい、紲は慌てて目元を拭った。ルイの姿をしっかりと見たくて、さらに一歩近づいて目を凝らす。

「ルイ……」

「紲」

涙霞《なみだがすみ》の中、月の光を受ける彼は本当に美しかった。雪色の肌、漆黒の髪、黄金を散りばめたラピスラズリの瞳――吸い寄せられるように肘《ひじ》から下を動かした紲は、ルイの袖に触れる。

実は香りつきの精巧《せいこう》なホログラムで、触った途端《とたん》手がすり抜けてしまうのではないかと不安だったが、絹の白いシャツの感触が返ってきた。その向こうには冷たい肌がある。筋肉と骨の質感、生きているルイが居る。

「……おかえり……っ、ずっと……」

待ってた――そう言いかけるや否や、ルイの手が顔に迫ってくる。

指先で頬を撫でられ、輪郭《りんかく》をなぞられた。注がれる眼差《まなざ》しは真剣なもので、瞳を見ていると、彼の冷たい手を温めんばかりに顔が火照《ほて》る。

「――ルイ……」

「お前は本当に可愛いな……姿形も、この香りも愛しい」

ルイに香りと言われて初めて気づいたが、薔薇の香りを侵蝕《しんしょく》する勢いで蜜林檎の香りが立ち上っていた。とても抑えられない。ルイの芳香と絡み合う淫毒が、甘く官能的な空気を作る。

「か、可愛いって……言うな」

「可愛いものは可愛いのだから仕方あるまい。紲、このままお前を攫《さら》ってもよいか？」

「ルイ……？」

「蒼真の許可を得なければ結界内には入れない……だが今は誰にも会いたくないのだ。お前と二人きりになれる場所に行きたい」

ルイは紲の首筋を撫でると、口角をわずかに上げる。彼の望みは紲の望みと同じだった。

蒼真にも馨にも会わせたい気持ちはあるものの、蒼真は狩りに出ているし、馨はもう眠っているか、こっそり抜けだして蒼真の眷属の所に行っているかのどちらかだ。会わせるのは夜《よ》が明けてからにしたほうがいい。何より今は、二人だけでこうしていたい。

「……っ、携帯を取ってくるから……待っててくれ……書き置きもしないと心配するし」

「紲、お前は何故そのように冷静なのだ？　十九年ぶりに会えた私の前で、理性的でいられるほど私への愛が冷めてしまったのか？」

「そんなことは全然、ないけど……っ」

「お前に会いたくて……お前が欲しくて堪らなかった。一瞬たりとも離れていたくない」

胸を焦《こ》がすような言葉に絆《ほだ》される紲は、引き寄せられるままルイに抱かれる。

脊髄反射の勢いで、その背に手を回した。ルイの身も心も確かにここにあることを感じたい。

自分の身の内に彼を迎えて、同じくらい熱くなりたい——。

「紲、私と一緒に来てくれるな?」

「……行く……どこへでも……っ」

ルイの肩越しにリムジンの姿を見て、紲は何度も頷《うなず》いた。

どこでもいい。二人だけになれる所に行きたい。同じことを思ってくれていることが嬉しい。

しかしながら、紲は完全に我を忘れたわけではなかった。親として、息子のことはいつでも考えている。ただ気づいたのだ。自分が書き置きもせず携帯も持たずに姿を消しても、馨には千里眼という探索手段があることを——。

「ルイ……おかえり……これからは……ずっと一緒だ……っ」

紲は濡れた瞳を瞼で隠し、もう二度と離れたくない想いを十指に籠める。

ルイが自分の所に帰ってきてくれた。これでもう、血で血を洗うこともなくなる。

馨がホーネットの王になる必要もない。すべて終わったのだ。これからは各々《おのおの》が自分なりの幸せを見つけて、ただ静かに生きていけばいい——。

# あとがき

こんにちは、犬飼《いぬかい》ののです。本書をお手に取っていただきありがとうございました。

シリーズ化を願いつつも、まずは一冊完結物として書かねばならなかった『砕《くだ》け散《ち》る薔薇《ばら》の宿命《しゅくめい》』の伏線（輸血）は、二冊目『乱《みだ》れ咲《さ》く薔薇《ばら》の宿命《しゅくめい》』での紲《せつ》の進化を経由して、純血種の馨《かおる》誕生に繋がっていました。

ここまで希望通り書かせていただけたことを、応援してくださった読者様とラヴァーズ文庫様に感謝しています。ありがとうございました。

そして馨の子供姿を公式サイトの謹賀新年イラストとして先に拝見することができて、夢のように幸せです。しめ飾りを首につけられたうえに、馨になつかれている蒼真《そうま》（豹）の微妙な表情がたまりませんでした。ルイと紲の和装をカラーで見られたことも本当に嬉しくて、國沢《くにさわ》智《とも》先生と担当様に感謝感謝です。

さてさて、物語にはまだ続きがあります。

このままではバッドエンドになってしまいますので、次巻も是非お付き合いください。

以下、モフモフ系の余談です。

馨の獣化に関してですが、斑紋のある黒豹というのは担当様から教えていただきました。馨は紬に似せて茶髪にしたかったので、若干茶毛の交じった、斑紋入りの黒豹という設定にした次第です。

大人の馨が獣化すると白虎の煌夜《こうや》並に大きくて、蒼真は巨大な黒豹を見ながら、「昔は俺が舐めたら転がるくらいだったのに……」と、密かに舌打ちしているかもしれません。

舐められて転がる仔豹も、豹に育てられる人型の赤ちゃんも可愛いですよね。

蒼真はベビー馨を口にくわえてぶらぶらさせながら、ぼんやり紬ママンの所まで運んで行きそうです。『オムツ換えてやって～』と（自分はやらない）。

いつも応援してくださる皆様と、今回も素晴らしいイラストを描いてくださった國沢智先生、担当様を始めラヴァーズ文庫様に心より御礼申し上げます。

犬飼のの

Lovers Label

# 焦れ舞う薔薇の宿命

ラヴァーズ文庫をお買い上げいただき
ありがとうございます。
この作品を読んでのご意見・ご感想を
お聞かせください。
あて先は下記の通りです。

〒102－0072
東京都千代田区飯田橋2-7-3
(株)竹書房　ラヴァーズ文庫編集部
犬飼のの先生係
國沢 智先生係

2013年2月1日
初版第1刷発行

●著　者
犬飼のの ©NONO INUKAI
●イラスト
國沢 智 ©TOMO KUNISAWA

●発行者　伊藤明博
●発行所　株式会社　竹書房
〒102－0072
東京都千代田区飯田橋2-7-3
電話　03(3264)1576(代表)
　　　03(3234)6246(編集部)
振替　00170-2-179210
●ホームページ
http://www.takeshobo.co.jp

●印刷所　株式会社テンプリント
●本文デザイン　Creative·Sano·Japan



ISBN 978-4-8124-9297-0　C 0193

ラヴァーズ文庫
Lovers Label
乱《みだ》れ咲《さ》く
薔薇《ばら》の宿命《しゅくめい》
その唇が嘘をついても、
匂い立つ『本能』が
私を好きだと言ってる。
赤い瞳、年をとらない身体――。
半分人間ではない者の世界で、「下級」である香具山紲《かぐやませつ》と、
「貴族」のルイは、気の遠くなるような歳月を経て、ようやく恋を実らせ、
永遠の愛を手に入れたかのように思えた。
しかしそれは、ふたりにとって壮絶な運命の始まりだった。
身分の違うふたりを引き裂こうと、様々な妖しい魔の手が紲を狙い、
紲を守ろうとするルイと激しい死闘を繰り返す。
譲れない愛情は、ふたりを次第に追いつめてゆき…。
狂おしいほどに純粋な禁断の恋物語。
好評発売中!!
著 犬飼《いぬかい》のの
画 國沢《くにさわ》智《とも》

ラヴァーズ文庫
Lovers Label
砕《くだ》け散《ち》る薔《ば》薇《ら》の宿命《しゅくめい》
妖しい夜、闇より深い愛情が、
月の下でざわめく。
赤い瞳、年をとらない身体――。
誰にも言えない秘密を抱えて生きてきた、調香師の香具山紲《かぐやませつ》は、
都会を避け、軽井沢の別荘地でひっそりと暮らしていた。
しかしそこへ、過去に最悪の別れ方をした元恋人のルイが姿を見せ驚愕する。
「次に私の前に現れれば殺す」。
別れ際、酷い言葉を残したルイは、今も紲を憎んでいるはずだった。
あれから百年近く経った今になってルイが現れたのは、
裏切りにも似た過去の紲の決断を裁くためなのか、それとも……。
人間よりも麗しく、獣よりも狂おしい、人ならざる者たちの気高い愛の物語。
好評発売中!!
著 犬飼《いぬかい》のの
画 國沢《くにさわ》智《とも》